Jacob Becker

Grabschrift eines römischen Panzerreiterofficiers aus Rödelheim bei Frankfurt a.M.

SALZWASSER
VERLAG

Jacob Becker

Grabschrift eines römischen Panzerreiterofficiers aus Rödelheim bei Frankfurt a.M.

Unveränderter Nachdruck der Originalausgabe von 1868.

1. Auflage 2022 | ISBN: 978-3-37506-184-5

Verlag: Salzwasser Verlag GmbH, Zeilweg 44, 60439 Frankfurt, Deutschland
Vertretungsberechtigt: E. Roepke, Zeilweg 44, 60439 Frankfurt, Deutschland
Druck: Books on Demand GmbH, In de Tarpen 42, 22848 Norderstedt, Deutschland

NEUJAHRS-BLATT,

den Mitgliedern des

Vereins für Geschichte und Alterthumskunde

zu

FRANKFURT am MAIN

dargebracht am 1. Januar 1868.

FRANKFURT AM MAIN.

Druckerei von Carl Kruthoffer.

1868.

GRABSCHRIFT

eines

RÖMISCHEN PANZERREITEROFFICIERS

aus

RÖDELHEIM bei FRANKFURT A. M.

erläutert

von

Dr. phil. Jacob Becker,

Professor an der Selektenschule, d. Z. Schriftführer des Vereins für Geschichte und Alterthumskunde zu Frankfurt am Main,
auswärtigem Secretär des Vereins von Alterthumsfreunden im Rheinlande zu Bonn,
correspondierendem Mitgliede des archäologischen Instituts zu Rom,
des Vereins zur Erforschung Rheinischer Geschichte und Alterthümer zu Mainz und des historischen Vereins für das Grossherzogthum
Hessen zu Darmstadt, Ehrenmitgliede der archäologischen Gesellschaft des Grossherzogthums Luxemburg.

—

Mit zwei lithographirten Tafeln.

FRANKFURT AM MAIN.

Im Selbstverlage des Vereins.

1868.

I.

Römische Alterthümer in der Umgegend von Frankfurt.

In dem weiten reichgesegneten Tiefgrunde, welcher von der Nidda durchzogen, von den Abhängen des oberen Taunus zum Maine sich hinabsenkt, ist bis jetzt kein Ort aufgefunden worden, welcher als Fundstätte von Alterthümern aus Römischer Zeit irgend wie mit dem schon lange her [1] und immer noch ergiebigen Trümmerfelde zwischen den Dörfern Heddernheim und Praunheim, eine Wegstunde nordwestlich von Frankfurt am Main, verglichen werden könnte. Die grosse Menge, reiche Mannigfaltigkeit und nicht zu unterschätzende Bedeutung der auf jener Stätte des einstigen NOVVS VICVS [2] zu Tage geförderten Denkmäler gibt ein so vollwichtiges Zeugniss von der ehemaligen Blüthe dieses Mittelpunktes des Taunensischen Gemeinwesens (civitas Taunensium [3]), dass alle übrigen Spuren Römischen Anbaues, welche sich der Nidda entlang und weiterhin zwischen ihr und dem Maine verfolgen lassen, nur so zu sagen als Reste vereinzelter Ausläufer des Hauptortes selbst in der Gestalt von kleineren Dörfern (vici) und Gehöften, Landhäusern, Fabrikanlagen, Töpfereien u. a. m. gedacht werden können. Diese Annahme ist sicherlich um so begründeter, als einerseits die ganze Dürftigkeit jener Spuren Römischen Anbaues, andererseits ihre theilweise Auffindung zur Seite der nach dem NOVVS VICVS und weiter nach dem Castelle und der Niederlassung am Römischen Grenzwalle (Saalburg) ziehenden Strassen diese ihre, im Vergleiche zu den vorgenannten bürgerlichen und militärischen Hauptorten am Taunus mehr untergeordnete Bedeutung bis jetzt wenigstens unverkennbar beurkunden. Es waren diese vereinzelten Ausläufer offenbar gewissermassen in die Ebene vorgeschobene Vorposten, welche sich in umgekehrter Richtung, als es jetzt zu geschehen pflegt, mehr und mehr dem Maine und damit derjenigen Stelle näherten, auf welcher das heutige Frankfurt steht, die aber damals, wie schon die Richtung des Römischen Strassenzugs unzweideutig anzeigt, durch Sümpfe, vielfache Arme und Läufe des Maines noch unnahbar,

---

[1] Dass das Trümmerfeld (Heidenfeld wird es im Volksmunde genannt) bei Heddernheim schon im Mittelalter unter dem Namen »Heddernburg« bekannt war, bezeugen urkundliche Aufzeichnungen aus den Jahren 1452 u. 1460; vgl. Mittheilungen an die Mitglieder des Vereins f. Gesch. u. Alterth. zu Frankfurt a. M. I. S. 232 ff; II. S. 115 ff; III. S. 169; in einer Grenzregulierungsurkunde v. 8. December 1610 werden die »Heddernheimer Burgmauern« erwähnt.

[2] Ueber die Funde, insbesondere die mythologischen aus dem ehemaligen NOVVS VICVS und ihre Bedeutung s. die von dem Vereine i. J. 1861 zur Begrüssung der XX Philologenversammlung überreichte Festschrift über »die Heddernheimer Votivhand« S. 5 ff., insbesondere die in A. 1. gegebenen Nachweise.

[3] Ueber die civitates Mattiacorum und Taunensium und deren Hauptorte s. Nass. Annal. VII. S. 68 — 85.

unwirthlich und unbebaubar erscheinen musste [1]). Als dürftige Ueberreste solcher vereinzelten Anlagen in der Ebene müssen ohne Zweifel die Substructionen Römischer Gebäude, Ziegeln, Thongefässtrümmer und andere Alterthümer verschiedener Art angesehen werden, welche im Laufe der Zeit theils im obern und mittleren Niddathale zu Dortelweil, Vilbel und Bonames, wie auch im Flurwäldchen in der Mitte zwischen Eschersheim und Eckenheim, theils im unteren Flussthale bei Hausen und Rödelheim, aber auch weiter einwärts zwischen Bockenheim und Ginheim, am Friedhofe von Frankfurt, bei Bornheim an der Günthersburg und im Eichwalde westlich von derselben, endlich bei Bergen aufgefunden worden sind [2]).

---

[1]) Ueber die aus den hydrographischen und geologischen Untersuchungen ermittelte Beschaffenheit der Stelle, auf welcher das heutige Frankfurt steht, s. Prof. Kriegk im Archive für Frankfurts Geschichte und Kunst. N. F. I. (1860) S. 68 ff., welcher S. 67 f. über die aus der Richtung der Römischen Strassen zu schliessende absichtliche Vermeidung dieser Stelle sagt: »Die angedeutete natürliche Bedeutung, welche die Gegend von Frankfurt in militärischer und commercieller Hinsicht hat, musste offenbar schon früh erkannt worden sein. Sie musste daher auch schon früh Waarenzüge, Truppenmärsche und Ansiedlungen in diese Gegend gezogen haben. Freilich folgt hieraus nicht, dass grade die Stelle, an welcher Frankfurt liegt, schon sehr früh bewohnt gewesen ist; im Gegentheil, andere Stellen dieser Gegend könnten vorgezogen worden sein. Auch ging wirklich zur Zeit der römischen Herrschaft die Strasse, welche von Mainz längs dem unteren Main herzog und von diesem theils nach dem alten Sachsenlande hin, theils in das obere Main-Gebiet, theils zur mittleren Elbe führte, nicht über die Stelle des heutigen Frankfurt, sondern über den Novus vicus bei Heddernheim. Sie lag vom rechten Mainufer weiter entfernt, als die heutige Landstrasse zwischen Frankfurt und Mainz, und ist noch jetzt als ein in fast grader Linie ziehender Fahrweg vorhanden.« — Gleicher Weise bemerkt auch Oberst A. von Cohausen in den »Mittheilungen« III. (1866), 2 S. 164 f.: »Für die Urgeschichte Frankfurts ist es wichtig, zu wissen, wie weit römische Ansiedelungen sich in der Umgegend des heutigen Frankfurt ausgebreitet haben, oder durch alte Wasserläufe und Sümpfe abgehalten waren, sich der Mainfurth, die zu Carolingischer Zeit zuerst genannt wird, zu nähern. Nicht nur der Mangel römischer Bauspuren in der Stadt und im Innern eines vom Main, dem Odenwald und dem alten Neckarlauf von Zwingenberg bis zur Mainspitze begrenzten Dreiecks, sondern auch die Lage römischer Baureste längs einer alten von Nied nach Bergen und weiter ziehenden Strasse führen zu dem Schluss, dass die Römer die Furth, die nach den Franken benannt ist, nicht kannten und überhaupt die Niederung mieden, und dass sie die Verbindung zwischen ihren rheinischen Stationen mit dem Main-Neckar-Limes einerseits über Ladenburg und durch das Neckarthal und andererseits über Nied, Bergen, Aschaffenburg unterhielten, ohne zwischen Ladenburg und Heddernheim oder der Saalburg eine directe Verbindung zu haben.«

[2]) Ueber die Funde aus Römischer Zeit an den aufgezählten Orten aus der Umgegend von Frankfurt s. Dr. Römer-Büchners Beiträge zur Geschichte der Stadt Frankfurt a. M. und ihres Gebietes (1853) S. 1 — 21 und S. 76 — 105; A. von Cohausen in den »Mittheilungen« III, 2 S. 165 u. 167 ff. — Dem im A. 4 mitgetheilten übereinstimmenden Resultaten der hydrographisch-geologischen wie historischen Forschung über die muthmassliche Beschaffenheit und Verlassenheit der Stelle des heutigen Frankfurt in Römischer Zeit entsprechen auch die Ermittelungen über die Fundgeschichte. Dem durch Herrn von Cohausen constatirten gänzlichen Mangel Römischer Bauspuren innerhalb des heutigen Stadtgebietes stellt sich auch der Mangel an Alterthümern, insbesondere an beschriebenen Steinurkunden zur Seite. Längst schon sind die angeblich auf dem Boden des Stadtgebietes gefundenen Steinschriften theils als von Heddernheim und Mainz stammend (Römer-Büchner u. a. O. S. 13 ff.; Archiv VI. S. 3 A. 3) erwiesen, theils aber, wie die jetzt verlorene Vegisonius-Inschrift, der jetzt im Wiesbadener Museum bewahrte Wochengötteraltar und der auf der Stadtbibliothek aufgestellte Weihaltar des Solimarus, ihrer Provenienz nach so wenig beglaubigt, dass man auch hier eine gleiche Heimat, namentlich das nahe Heddernheim, anzunehmen berechtigt ist, zumal die Steine und Trümmer des »Heidenfeldes« seit Jahrhunderten zu anderweitigen Bauten in der Umgegend verschleppt worden sind. Damit zerfallen, wie bereits im »Archive« a. a. O. S. 4 von uns angedeutet wurde, alle Träumereien des seligen Pater Fuchs über das angebliche »Römische« Frankfurt: vgl. Römer-Büchner a. a. O. S. 15 f. — Im Uebrigen möge hier doch diejenige antiquarische Fund erwähnt sein, welcher, soviel uns bekannt, am nächsten bei der Stadt zu Tage gefördert wurde. Wir verdanken die Mittheilung desselben der Güte des Herrn Dr. Häberlin, in dessen Besitz die betreffenden Fundstücke übergegangen sind. Es wurden nämlich vor einigen Jahren bei dem Bau der s. g. Verbindungsbahn am Grindbrunnen unterhalb der Eisenbahnbrücke in dem Boden eines Ackers, dessen Grund ausgehoben werden musste, folgende Gegenstände von Bronze beisammen liegend gefunden: 4 s. g. Meissel oder Celte, theils mit Schaftlappen, theils mit Mündungen und Oesen, 1 Ring (Halsring), 17 Sicheln von der bekannten Form und 2 Gussersstücke, deren eines offenbar den Hals eines Gefässes gebildet hatte: sämmtliche Gegenstände scheinen Eigenthum eines gallo-römischen Hausierers mit Bronzewaaren gewesen zu sein.

Eine besondere Bedeutung hat nun aber vor und unter allen den vorgenannten Oertlichkeiten vornehmlich in dem letzten Jahrzehnte die Gemarkung von Rödelheim durch mehrfache Auffindungen unzweifelhafter Spuren und Zeugnisse aus der Römischen Zeit erhalten, so dass man im Hinblicke auf die schon für das frühere Mittelalter nachgewiesene Existenz des Ortes [*]) fast auf eine nie ganz unterbrochene Continuität seines Fortbestandes oder doch auf einen sehr bald nach den Völkerstürmen des 4—6 Jahrhunderts wieder aufgenommenen Anbau der dortigen Gegend schliessen möchte. Deuteten schon die Funde von Ziegeln mit Stempelaufschriften der 14. Legion (bezeichnet als Gemina Martia Victrix) auf eine frühzeitige (vielleicht um 71 — 100) n. Chr. stattgehabte) militärische Occupation des ganzen Landstriches durch die Römer, so hat weiter auch die zwischen Rödelheim und Hausen in dem Wiesengrunde an der Nidda zu verschiedenen Zeiten blos gelegte Röhrenleitung und der dabei zu Tage geförderte Schlammkasten mit einer Andeutung der 22. Legion, wenn wir richtig gesehen haben [†]), diese frühe Occupation der dortigen Gegend von neuem bestätigt und die Vermuthung nahegelegt, dass auch hier ein militärisches Standquartier nach und nach zur Anlage einer kleinen Ansiedlung, vielleicht eines vicus, geführt haben möchte. Eine nicht geringe Stütze erhält diese Annahme durch die in verschiedenen Jahren erfolgte Aufdeckung eines Römischen Begräbnissplatzes vor dem heutigen Rödelheim selbst an der von dem Maine hierherziehenden alten Römerstrasse [‡]). Auch die in früherer Zeit gemachten

[*]) Bekanntlich gehört Rödelheim zu den 22 noch jetzt in einem Umkreise von 16 Stunden um Frankfurt bestehenden Ortschaften, deren Existenz schon vor dem Jahre 794, in welchem letztgenannte Stadt zum erstenmale urkundlich erwähnt wird, erwiesen ist, indem es in einer Schenkung an das Kloster Lorsch i. J. 788 als »Radilenheim« im Niddagaue bezeichnet ist: vgl. Thomas Annalen im Archiv f. Fr. Gesch. u. K. II. 9; Scriba Regesten II. N. 95, Cod. Lauresh. III. 101; Kriegk im Archive N. F. I. S. 61; Dr. Euler Dorf und Schloss Rödelheim (Neujahrsblatt des Vereins f. 1859) S. 2.

[†]) Vgl. W. Brambach Codex Inscriptionum Rhenanarum 1123; Mittheilungen des Vereins III. (1866) 2 S. 161 ff.

[‡]) Von diesem auf beiden Seiten der alten Römerstrasse ehedem gelegenen Begräbnissplatze sind zu verschiedenen Zeiten Spuren an den Tag getreten. Zuvörderst berichtet darüber Hr. von Cohausen in den mehrerwähnten Mittheilungen a. a. O. S. 168 f.: »Als man vor mehreren Jahren die von Bockenheim nach Hausen führende Strasse erhöhte, entnahm man dem Boden hierzu links der von Bockenheim nach Rödelheim führenden Chaussee. Hier kam man etwa 500 Schritt vom Schönhof und etwa 200 Schritt südlich der genannten Strasse, die hier zugleich der Römerstrasse entspricht, auf viele kleine Krüge und Lämpchen d. h. auf einen römischen Begräbnissplatz.« — Weit zahlreichere und bedeutsamere Fundstücke waren schon 1859 ebendort zum Vorschein gekommen. Als man nämlich in diesem Jahre ein kleines Wäldchen (nach Herrn Dr. Häberlins Ansicht, einer der letzten Reste der grossen Waldung, welche ehemals jene ganze Gegend überdeckte) vor Rödelheim seitwärts (rechts) von der alten Strasse gelegen, abholzte, fanden sich viele Gräber, deren zahlreiche, theilweise wohlerhaltene Thongefässe die Arbeiter oft muthwilligerweise durch Steinwürfe aus der Ferne zerstörten. Eines dieser Gräber, dessen Inhalt in den Besitz des Herrn Dr. Häberlin überging, lieferte folgende Fundstücke, deren kurze Beschreibung, durch die dankenswerthe Güte des Besitzers ermöglicht, hier um so mehr mitgetheilt werden möge, als, soviel uns bekannt, bis jetzt noch nichts näheres über diesen Fund veröffentlicht worden ist. Die Fundgegenstände bestanden aus Eisen, Bronze, Glas und Thon. Aus ersterem Metalle fanden sich ein Rüstungsstück (haubenartig und auf beiden Seiten platt auslaufend); Pferdeketten, besonders Trensenstück; eine wohlerhaltene Lanzenspitze; ein Celt, als Hammer benutzt; ein kleines Beil; ein Messer; Sporen; Eisenstücke, vielleicht Riemenbeschläge; drei Schreibgriffel und einzelne Splitter. Aus Bronze waren: Sporen, eine Fibula von dünnem Draht; ein wohlerhaltenes schwer zu bestimmendes Beschläg mit durchgehenden Nietnägeln, Oese und einem durch dieselben gehenden Ringe; ein Klumpen im Feuer geschmolzen. Von Glasfluss waren nur einzelne Stücke da. Besonders zahlreich waren die Gegenstände aus Thon vertreten. Zuvörderst der Henkel einer Lampe und das Henkelbruchstück einer Amphora; von Thongefässen bemerken wir, eine vollständig erhaltene grosse Schüssel, wie unsere Suppen- oder Milchnäpfe, theils mit der Hand, theils auf der Scheibe gemacht; hieran reihen sich eine Anzahl Gefässe mehr in Form von Urnen und zwar theils in Fragmenten, aus denen sich theilweise ein Ganzes fast vollständig herstellen lässt, theils in mehr oder weniger unversehrt erhaltenen Exemplaren. Solcher Urnen finden sich drei Stück vor; an einer derselben, der merkwürdigsten des ganzen Fundes, ist der Boden ab, war aber mittelst Eisendrahtes, welcher

Funde eines Grabsarges, sowie von Thongefässen und anderen leider, wie es scheint, zerstörten oder verschleppten Alterthümern am s. g. Römerhofe, in geringer Entfernung südwestlich von Rödelheim, scheinen auf eine gewisse Ausdehnung der Römischen Ansiedlungen hierselbst hinzuweisen [*]). Zu der nicht zu unterschätzenden Ausbeute des vorerwähnten Begräbnissplatzes ist nun aber in der jüngsten Zeit noch eine Steinurkunde aus der Römischen Zeit Rödelheims hinzugekommen, welche sowohl durch die Eigenthümlichkeit der Umstände, die ihre Ueberlieferung und so zu sagen ihre Wieder-auffindung begleiten, als auch durch ihren ganzen Inhalt und den in den localen und geschichtlichen Verhältnissen gegebenen Anhalt zu ihrer allseitigen Erläuterung von nicht geringem antiquarischem In-teresse ist und demnach auch eine eingehende Betrachtung um so mehr verdient, als sie zugleich bis jetzt das einzige grössere und zusammenhängende inschriftliche Zeugniss aus der Römischen Periode der oben aufgezählten Ortschaften in dem näheren Umkreise Frankfurts ist. Es besteht aber diese Steinurkunde in der nunmehr leider nicht mehr vorhandenen Grabschrift eines Römischen Panzerreiter-officiers, welche ohne Zweifel die Gegend von Rödelheim zur Fundstätte hat.

durch Löcher in ihm und im Bauche des Gefässes lief, mit letzterem wieder zum Gebrauche vereinigt; beim Ausheben waren beide durch einen dichten Wurzelfilz mit einander verbunden, während der in einzelnen Stückchen noch vor-findliche Draht zu Grunde gegangen war. In dieser und der grössern der beiden andern fast vollständig erhaltenen Urnen fanden sich erdiger Schutt und Asche mit Knochenresten untermischt, über welche ein competenter Forscher, Herr Hermann von Meyer, dem sie zur Untersuchung übergeben worden waren, folgendes Gutachten abgab, dessen Mittheilung die Güte des Herrn Dr. Häberlin uns gleichfalls vergünstigte. Es lautet:

»Zwischen Bockenheim und Rödelheim, näher letzterem Ort, in den sandigen Erhöhungen, welche zwischen der Chaussee und dem Sandweg liegen und noch bis zum Jahre 1859 bewaldet waren, wurden mit Bronze, Eisen und Glas Graburnen gefunden, die aus spät Römischer Zeit, wohl aus dem 3ten Jahrhundert nach Chr. herrühren werden.

In einer dieser Urnen habe ich den mir von Herrn Dr. C. H. Häberlin mitgetheilten Inhalt näher untersucht und gefunden, dass er aus erdigem Schutt und Asche, mit Knochenresten untermengt, bestand.

Die Urne selbst war innen und aussen mit Wurzelwerk umflochten, das sich im Laufe der Zeit bildete und theil-weise filzartig verdichtet war. Der Boden der Urne war ringsum abgebrochen und zum Gebrauche mit Drahtstiften wieder daran befestigt, woraus wohl auf die Seltenheit solcher Gefässe geschlossen werden darf.

Die Knochen sind alle zertrümmert, calcinirt und mit Rissen versehen, starkes Feuer verrathend, dem sie vor der Einfüllung in die Urne ausgesetzt waren.

Sie rühren sämmtlich von jungen Thieren her, was um so mehr auffällt, als die Knochen von älteren Thieren wegen grösserer Feuerbeständigkeit eher hätten überliefert sein müssen, wenn solche darunter gewesen wären.

Unter diesen Resten habe ich erkannt:

Mensch: Stücke von der Hirnschale, zu ungenügend, um daran über den Racentypus Aufschluss zu erlangen, so wie von Wirbeln und andern Knochen; dann ein Backenzahn von einem Individuum, bei welchem die Entwickelung der Zähne noch nicht beendigt war. Die Krone ist noch unberührt, die Wurzelbildung hatte noch nicht begonnen, der Zahn lag daher noch in seinem Alveole von Zahnfleisch bedeckt. Es war nicht zu ermitteln, ob die dem Menschen angehörenden Reste von mehr als einem Individuum herrühren.

Die Thiere waren, wie gesagt, alle junge Individuen, die Epiphysen waren noch nicht mit dem Knochenkörper verwachsen. Sie gehören Schweinen, einem Wiederkäuer, wahrscheinlich Reh, und Vogel, an. Am zahlreichsten sind die Reste von jungen Schweinen, unter denen ich eines Backenzahns, des vorderen Endes der rechten Oberkieferhälfte mit den Alveolen für den Eckzahn und den ersten Backenzahn, des Oberarmes, des obern Theils vom Ellenbogenknochen, eines Handwurzelknochens, der in den Schweinen getrennt auftretenden Würfel und Kahnbein aus der Fusswurzel und der beiden Enden eines Oberschenkels gedenke. Die Kleinheit der Eckzahn-Alveole führt zur Vermuthung, dass das Thier, von dem der Kiefer herrührt, weiblichen Geschlechts und nicht wild war; von einem Wiederkäuer von Reh-Grösse liegt die eine Hälfte vom untern Gelenkende des Mittelfusses und von einem Vogel der untere Theil eines Oberarmes deutlich erkennbar vor.«

[*]) Von Funden am s. g. Römerhofe findet sich der einer Flasche von gebranntem Thone mit abgebrochenem Henkel als Geschenk des Herrn Legationsraths Guido von Meyer verzeichnet in den »Periodischen Blättern der mittelrhei-nischen Geschichts- und Alterthums-Vereine« 1855 No. 7 8. 228.

II.

Grabschrift eines Römischen Panzerreiterofficiers aus Rödelheim.

Unter der nicht sehr erheblichen Anzahl von mittelrheinischen Geschichts- und Alterthumsforschern im vorigen Jahrhunderte nimmt Gottfried Anton Schenck durch grosse Gelehrsamkeit, emsigen Forscherfleiss, kritischen Blick und selbstständiges Urtheil eine rühmliche Stelle ein. Im Jahre 1699 zu Wiesbaden geboren, trat er nach Vollendung seiner Studien in Gräflich-Solms'sche Dienste und wurde Kircheninspektor und pastor primarius zu Rödelheim. Dieses Amt verwaltete er, angeblich aus Kränklichkeit, nicht lange, sondern zog sich im Jahre 1749 in seine Vaterstadt zurück, widmete sich der Bearbeitung ihrer Geschichte, welche er in seiner »Geschichtbeschreibung der Stadt Wiesbaden« niederlegte und starb daselbst 1779 im achtzigsten Lebensjahre. Dem vorerwähnten Werke hatte er bereits in dem Jahre 1732 »Memorabilia urbis Wisbadenae oder Merkwürdigkeiten der Stadt Wiesbaden« voraufgeschickt und die dazu angesammelten Verbesserungen und Nachträge 1739 in Gestalt eines zweiten Theiles derselben erscheinen lassen [19]). Das beide Theile dieser Memorabilien zu einem Bande vereinigende Handexemplar Schencks wird jetzt in der Bibliothek des Vereines für Nassauische Geschichtsforschung und Alterthumskunde zu Wiesbaden aufbewahrt und ist mit zahlreichen handschriftlichen Zusätzen und Randbemerkungen

---

[19]) Vgl. G. H. Ebhardt Geschichte und Beschreibung der Stadt Wiesbaden, Giessen, Heyer, 1817, 8. Vorrede S. V. — Das zuerst angeführte Werk Schencks führt den Titel: Geschichtbeschreibung der Stadt Wiesbaden aus bewährten Schriften und zuverlässigen Nachrichten verfasset von G. A. Schenck, Frankfurt am Main bey Johann Benjamin Andreä 1758, gr. 8. — Der Titel des früher erschienenen ist: Memorabilia urbis Wisbadenae oder Merkwürdigkeiten der Stadt Wiesbaden, aus der alten, mittlern und neuern Zeit, welche aus bewährten Documenten und Urkunden zusammengetragen, auch mit verschiedenen Reflexionen erläutert und als ein supplementum zu denen von dieser Stadt bereits vorhandenen öffentlichen Nachrichten herausgegeben hat G. A. Schenck, Inspektor und Pfarrer zu Rödelheim, Frankfurt a. M., in der Andreä'schen Buchhandlung 1732. 4. — Die 1739 ebendaselbst bei Franz Varrentrapp unter demselben Titel erschienenen Nachträge sind als »zweiter Theil« bezeichnet. — Die günstigen Beurtheilungen, welche der I. Theil dieser Memorabilien in der »Gelehrten Leipziger Zeitung« 1733 v. 18. Juni N. XLIX S. 425 und der II. in der »Frankfurtischen gelehrten Zeitung« 1739 v. 26. Juni N. 51 S. 277 gefunden haben, hat Schenck am Schlusse seines oben erwähnten Handexemplars wörtlich eingeschrieben und dabei zu der zuletzt erwähnten Recension bemerkt: »soviel nachher erfahren, so hat der in Frankfurt am Main wohnende und durch verschiedene Schriften berühmt gewordene Hofrath Hr. Joh. Michael von Loen vorstehende Recension aufgesetzet.« Joh. Mich. von Loen war bekanntlich der Grossoheim Goethes; vgl. Dr. E. Heyden im Archiv für Frankfurts Geschichte u. Kunst N. F. III. S. 534 ff.

3

bereichert, worüber der Verfasser selbst in einem »Nota bene« auf dem Titelblatte des ersten Theils bemerkt: »Dies Exemplar ist von mir, dem Autore, G. A. Schenck, mit verschiedenen eigenhändigen Anmerkungen verbessert worden«. In diesem Handexemplare der Schenck'schen Memorabilien hat uns bei gelegentlicher Anwesenheit zu Wiesbaden im Herbste d. J. 1867 Herr Ernst Zais, damals Mitglied des Vorstandes des Nassauischen Vereins, auf eine Stelle des II. Theiles S. 39 und eine dazugehörige handschriftliche Notiz über eine römische Inschrift aus Rödelheim aufmerksam gemacht, welche bis jetzt unseres Wissens allen rheinischen Inschriftforschern entgangen und gänzlich unbekannt geblieben, demnach also gewissermassen als unediert anzusehen ist. Herr Ernst Zais hat sich mit dieser Nachweisung gerechten Anspruch auf den Dank nicht blos der Epigraphiker am Rheine erworben und zugleich, obwohl Mediciner, auf das glücklichste die Erfolge inauguriert, welche sein bewährter Forscherfleiss und Scharfblick für die Förderung der Geschichte und Alterthumskunde der Rheinlande, insbesondere Nassaus und Wiesbadens, von ihm zu erwarten berechtigt.

Nachdem Schenck a. a. O. S. 38 darauf hingewiesen hatte, dass aufgefundene römische Inschriftsteine im Mittelalter vielfach bei neuen Bauwerken, besonders Kirchen, Burgen und Schlössern, verwendet worden seien, führt er auf S. 39 also wörtlich fort: »Und trifft man nicht nur Schlösser, sondern »auch gar Kirchen an, die in ihren Mauern alte Steine mit Römischen Inscriptionen aufweisen; allein »wer daraus schliessen wollte, dass solche Gebäude von den Römern seien aufgerichtet worden, der würde »sehr irren. Man siehet wohl, dass dergleichen Steine nur entweder aus Begierde alles zu benutzen, »oder aus Liebe zum Alterthum, oder zum blossen Zierath an dergleichen Oerter seien gesetzet wor- »den. e. g. Es findet sich in dem Schloss zu Rödelheim unter dem Thor ein grosser Stein einge- »mauert mit dieser Inscription: Memoriae biribam abseideca aefirmae cata eract bello desiderati oriundo ex »provincia moesopotamia e domo rac. Jedermann siehet, dass es eine Römische Aufschrift ist, die einem »in hiesigen Gegenden im Kriege gebliebenen Römischen Officier, der aus Mesopotamien gebürtig gewesen, »zu Ehren verfertiget ist worden; allein wer daraus schliessen wollte: dieses Schloss sei ein Römisches »Gebäude, der würde sehr fehlen, denn die alten Urkunden zeigen an, dass solches erst vor drei hundert »Jahren erbauet worden; und siehet man also, dass dieser Stein nur in hiesigen Gegenden gefunden und »aus einer der obgemeldeten Ursachen seie an diesen Ort eingemauert worden«. Der Werth dieser schätzbaren, obwohl nur beispielsweise eingeflochtenen Notiz, welche schon beim ersten Blicke das Gepräge wahrheitsgetreuer Ueberlieferung aufzeigt, steigert sich aber weiter durch einen auf eingeklebtem Zettel beigefügten handschriftlichen Zusatz, welcher zugleich Grund und Quelle einer Correktur ist, die Schenck in dem Worte »moesopotamia« durch Veränderung des t in d vorgenommen hat. Auf diesem eingeklebten Zettel findet sich nämlich die durch ein Verweisungszeichen bei dem Worte »memoriae« eingeführte Note: »p. 39. Diese inscription stehet eigentlich in dieser Form«:

Memoriae bi
ribam abseideca
aefirmae cataer
act bello desider
ati oriundo ex pr
ovincia moesopo
damia e domo rac.

Setzt man diese hier in ihrer ursprünglichen Zeilenabtheilung überlieferte Inschrift in die übliche lateinische Quadratschrift um, so gestaltet sie sich folgendermassen

MEMORIAE BI
RIBAM ABSEIDECA
AE FIRMAE CATAER
ACT BELLO DESIDER
ATI ORIVNDO EX PR
OVINCIA MOESOPO
DAMIA E DOMO RAC

und man gewinnt die Form, in welcher die Inschrift selbst auf dem Steine eingehauen war, so weit dabei fürs erste der Abschrift Schencks zu folgen ist.

Was nun zuvörderst die äusseren Schicksale dieser werthvollen Inschrift betrifft, so kann bezüglich ihrer Fundstätte nur mit Schenck daran festgehalten werden, dass sie der hiesigen Gegend entstammt. Nichts aber hindert dabei Rödelheim selbst und dessen nächste Umgegend als eigentliche Fundstätte anzusehen, da nicht allein die Spuren Römischen Anbaues daselbst, wie oben gezeigt, klar vorliegen, sondern insbesondere auch die Aufdeckung eines Römischen Begräbnisplatzes an der Heerstrasse gradezu den Ort anzuzeigen scheint, an welchem dieser Inschriftstein dereinst seine Stelle gehabt haben mag. Aus dieser seiner ursprünglichen Stelle sodann schon längst wohl entfernt und weiter verschleppt, dürfte der Stein, wie es so vielen römischen Inschriftsteinen ähnlicher Weise im Mittelalter ergangen ist, zuerst bei dem Baue der alten Burg von Rödelheim, später aber auch bei der Errichtung des durch Frank von Cronenberg im Jahre 1446 erbauten grösseren und festeren Schlosses vermauert worden sein, da der Erbauer seine Wohnung in der alten Burg niederreissen und die Steine zum Baue des neuen Schlosses verwenden liess. Hierbei hat man den Inschriftstein wohl absichtlich an einem besonders sichtbaren Orte, unter dem Thorbogen des Schlosses, der Mauer eingefügt, da ihn Schenck daselbst noch während seines Rödelheimer Aufenthaltes sah und die Inschrift abschrieb. Der Umbau des alten Schlosses im Jahre 1802 [1]) scheint den Stein endlich nicht allein von dieser seiner letzten Stelle entfernt, sondern auch der Vernichtung zugeführt haben, wenn er nicht bei ebendiesem Anlasse wiederum irgendwo eingemauert worden sein sollte. Eine durch gütige Vermittelung des Herrn Lehrers Heinrich Borig zu Rödelheim bei dem Gräflich-Solms'schen Gutsverwalter, Herrn Ludwig Meyer, ebendort eingezogene vorläufige Erkundigung, sowie eine in Begleitung beider Herrn, welchen hiermit der gebührende Dank für ihre freundliche Mitwirkung ausgesprochen wird, am 22. Juli 1868 an Ort und Stelle versuchte Nachforschung nach dem Steine hat vorerst wenigstens zu keinem Resultate geführt, zumal Herr Gutsverwalter Meyer, welcher selbst mit dankeswerthem Interesse die Geschichte Rödelheims und seines Schlosses verfolgt, niemals der Spur des gesuchten oder eines ähnlichen beschriebenen Steines begegnet zu sein sich erinnert.

Der beklagenswerthe Verlust des Originals der Inschrift und die geringe Aussicht, welche für dessen Wiederauffindung gegeben ist, werden nun aber durch alle Momente einer unbezweifelbar vollständigen und treuen Ueberlieferung des von Schenck vorgefundenen Textes in erfreulicher Weise aufgewogen.

---

[1]) Vgl. die A. 6. erwähnte Schrift von Dr. Euler über Dorf und Stadt Rödelheim S. 15 ff. u. besonders S. 18 ff.

· · · « Momenten gehört einerseits die nicht zu unterschätzende Gewährschaft eines sorgfältigen
· · · verständigen Forschers, als welchen Schenck sich erwiesen hat, andererseits das für jeden Epigraphiker beim ersten Blicke unverkennbare ächte, durch sich selbst sprechende, innere und äussere Gepräge der Inschrift selbst: beide Momente beurkunden letztere nicht allein als in jeder Hinsicht
unverdächtig, sondern auch als wohl erhalten und treu überliefert. Da der Text der Inschrift nur wenige
Worte in der 2., 4. und 7. Zeile unausgeschrieben lässt, so macht die vollständige Ergänzung desselben
ebensowenig Schwierigkeit, wie das Verständniss seines Inhaltes. Aus beiden ergibt sich im Allgemeinen,
dass die vorliegende Grabschrift sammt dem sie tragenden Stein als Erinnerungsmal zum Andenken
an einen im Kriege vermissten Offizier der schweren römischen Reiterei, des Namens Biribamus, Sohn
eines Abseus, gebürtig aus einer (zu nächst noch unbestimmbaren) Stadt Mesopotamiens, einer asiatischen
Provinz des römischen Reiches, errichtet war. — Die auch sonst in römischen Grabschriften üblichen
Angaben bezüglich des Verstorbenen finden sich auch in unserer Inschrift wieder: die Namen des Todten,
seines Vaters und seiner Heimath; die Erwähnung seiner militärischen Würde und eine Mittheilung über
seinen Tod, welche sowohl mit dem Eingangsworte der Grabschrift, als auch damit übereinstimmt, dass
die gewöhnliche Schlussformel römischer Epitaphien H · S · E (hic situs est, hier liegt er begraben) fehlt:
es wird der Grabstein selbst hierdurch als ein Denkmal von einer besondern Gattung und Art bezeichnet,
deren Bedeutung unten bei der Erklärung des Wortes »MEMORIAE« dargelegt ist. — Nach Allem
diesem kann unsere Grabschrift zu nächst ihrem Inhalte nach als im Ganzen erhalten angesehen werden.
Auffällig bleibt dabei allerdings einestheils der Mangel einer Angabe über den Stifter des Monuments,
anderntheils die räthselhafte Kürze, mit welcher grade der Namen des fernen, am Orte der Aufstellung
des Monumentes jedenfalls wenig bekannten Geburtsortes des Verstorbenen nur durch seine drei ersten
Buchstaben R A C angedeutet erscheint. Diese beiden nicht zu verkennenden Mängel der Inschrift leiten
aber von selbst auf die Vermuthung, dass eine Verstümmelung des Steines am unteren Ende den Untergang von 1 — 2 Zeilen seines Schrifttextes herbeigeführt habe. Schenck selbst, welcher nichts weiter zu
bemerken veranlasst ist, als dass man hier eine römische Aufschrift vor sich habe, die einem in hiesigen
Gegenden im Kriege gebliebenen römischen Officiere, der aus Mesopotamien gebürtig gewesen, zu Ehren
verfertigt worden sei, unterlässt zwar nicht hervorzuheben, dass unser Inschriftmal ein »grosser« Stein
gewesen, hat aber wohl die Beschädigung des Steines am unteren Ende und den dadurch veranlassten
Wegfall von 1 — 2 Zeilen um so leichter übersehen können, als er zu seinem nächsten Zwecke einer
genauen Untersuchung von Stein und Inschrift nicht bedurfte. Ueberdiess würde selbst eine solche Untersuchung bei einem eingemauerten und vielleicht schon bei früherer Verwendung regelrecht zugehauenen
Steine um so mehr resultatlos geblieben sein, als Schenck nicht nur die Bedeutung der Inschrift als Grabschrift sofort erkannt hatte und auch bei näherer Betrachtung ihres Textes nichts wesentliches vermisst
haben würde, was ihn eine Verstümmelung des Steines anzunehmen gezwungen hätte. Sieht man nun
aber von diesen beiden Mängeln in dem Texte der Inschrift ab, so muss sie im übrigen, wie dem Inhalte,
so auch dem Wortlaute nach als unverletzt und wohl erhalten betrachtet werden, wenn auch von den
7 Zeilen, aus welchen die Inschrift besteht, die 1., 2., 3., 5. und 7. einige Schwierigkeiten in der Lesung,
d. h. in der Abschrift Schencks verursachen. Während die meisten (2., 3., 5., 6.) dieser 7 Zeilen genau
je 14 Buchstaben zählen, enthält die 4. deren 15., die 7. dagegen 13. die 1. endlich gar nur 10. Zuvörderst erklärt sich die auffallend kleinere Zahl von nur 10 Buchstaben in der 1. Zeile offenbar daraus,

dass die Schrittzüge derselben, wie öfter in den Inschriften, etwas grösser gehalten waren, als die der übrigen Zeilen, demnach also einzeln einen etwas grössern Raum einnahmen, so dass nur 10 in der Zeile Platz finden konnten. Wenn aber weiter auf die kaum erwähnenswerthe Differenz in der Buchstabenzahl der meisten Zeilen im Vergleiche zu der 4. und 7. kein besonderes Gewicht zu legen ist, so können dagegen einige kleine, schon oben angedeutete Abschreibversehen Schenck's nicht unverbessert bleiben, wenn ein correcter Text der Inschrift hergestellt werden soll. Zunächst hat Schenck offenbar in der 2. Zeile zwei naheliegende Buchstabenverbindungen (Ligaturen) übersehen: da nämlich das Wort BIRIBAM, wie man aus dem gedruckten Texte und aus der handschriftlichen Notiz bei Schenck ersieht, für sich da stehet, die ganze grammatische Construktion der Worte aber hinter MEMORIAE einen von diesem abhängigen Genetiv erfordert, so wird man von selbst auf die Annahme einer nicht zu übersehenden Ligatur von M und I geführt, wobei letzteres, wie öfter, durch die Erhöhung des zweiten Schenkels von M ausgeprägt wurde.

So sicher demnach am Anfange der 2. Zeile RIBAMI zu lesen ist, ebenso sicher ist zur Ergänzung des in zwei Zeilen vertheilten Wortes ALAE am Schlusse derselben ein L in der Weise herzustellen, dass ein ebenfalls von Schenck leicht zu übersehender Strich unten an den zweiten Schenkel des A angelegt wird. Gleicher Weise unmerklich und zwangslos ist die Veränderung des E in dem CATAER in ein F, welcher Worttheil mit dem darauf folgenden ACT zusammengenommen werden muss: diese kleine Correktur wird unten bei Besprechung der Schreibung des Wortes catafractarius statt cataphractarius ihre besondere Begründung und Rechtfertigung finden. Auffällig bleibt ferner auch das E vor DOMO in der letzten Zeile, zumal auch EX in der 5. Zeile voraufgegangen ist, und die Zeile selbst im ganzen nur 13 Buchstaben hat, demnach also ein vollständiges X hinter E recht wohl noch Platz finden konnte: auf dieses E wird weiter unten zurückzukommen Anlass geboten sein. Am Schlusse endlich scheint Schenck auch ein C fälschlich statt eines S gelesen zu haben, eine Vertauschung, die uns selbst schon mehrfach bei Verlöschungen oder Verstümmlungen des S auf römischen Inschriften vorgekommen ist. Mit Aufnahme aller dieser an sich unbedeutenden Correkturen stellt sich der Text der Inschrift endschliesslich also fest:

MEMORIAE BI
RIBAMI ABSEIDECAL
AEFIRMAE CATAFR
ACT BELLO DESIDER
ATI ORIVNDO EX PR
OVINCIA MOESOPO
DAMIAE DOMO RAS

und lautet im Zusammenhange und mit Ergänzung aller Worte also: »Memoriae Biribami, Absei (sc. filii), dec(urionis) alae firmae catafract(ariorum), bello desiderati, oriundo ex provincia Moesopodamiae (?) domo Ras (aina?).«

d. h. zu Deutsch:

»Dem Andenken des Biribamus, des Abseus Sohn, Decurionen (Officier) des Geschwaders der Panzerreiter, des starken; er wurde im Kriege vermisst; er war gebürtig aus dem Orte Rasaina(?) in der Provinz Mesopotamien.«

Nachdem der Text unserer Inschrift in seiner Wortfassung endgiltig festgestellt, ergänzt und verdeutscht ist, erübrigt noch die einzelnen Angaben desselben kurz zu erläutern und in ihren gegenseitigen Beziehungen wie in ihrem Zusammenhange zu betrachten.

MEMORIAE: Das Wort »memoria« Andenken, Erinnerung, und die sich an dasselbe anlehnenden Formeln sind auf römischen, heidnischen wie christlichen, Grabschriften häufig. Die gewöhnliche Form ist diejenige, wie sie auch unsere Grabschrift aufweiset, dass das Wort einfach im Dativ (an der Spitze oder auch einzeln am Schlusse der Inschrift) mit dem Genetiv des Namens des Verstorbenen verbunden wird: Beispiele dieser Art finden sich in Italien (Orelli-Henzen 6833), Spanien (Lips. inscriptt. antiqq. fol. CLXIX, 5) und besonders häufig in Nordafrika, wie L. Renier Inscriptions Romaines de l'Algérie 203, 692, 784, 1049, 1171, 1772, 1923, 1929, 1935, 2109, 2241, 2369, 3261, 2517, 4107, 2561, 3419, 3528 u. a. m. bezeugen: einmal (4189) steht der Dativ MEMORIAE für sich an der Spitze der Grabschrift, deren Text sodann mit dem Namen des Verstorbenen im Nominativ weitergeführt wird. Auf den afrikanischen Inschriften geht dabei öfter noch ein D M S (Dis Manibus Sacrum d. h. den Schattengöttern heilig) dem MEMORIAE voraus, wie 1230, 1692, 2054, 3607, 3610, 3616, 3617, 3628 u. a. m., oder es bilden sich andere Formeln aus, wie memoriae oder in memoriam facere (1826, 2024, 1459) oder gradezu in memoriam oder ob memoriam mit folgendem Genetiv des Personennamens, wie bei Renier 2095, 3939, so dass endlich das Wort MEMORIA selbst gradezu die Bedeutung von Grabstein (cippus) erhält, wie 280 und 4123 [17]). In unserer Grabschrift erhält das Wort aber ganz besonders noch eine erhöhte Bedeutung, weil durch die Angabe der 4. u. 5. Zeile: BELLO DESIDERATI unzweideutig ausgesprochen wird, dass der Verstorbene vermisst und verschollen war, demnach also seine Leiche nicht unter diesem Grabsteine ruhte, sondern dass dieser (nach Schencks Angabe) besonders »grosse« Stein, als ein blosses Erinnerungsmal, ein leeres Grab bezeichnen soll, welche Art von Grabdenksteinen bekanntlich Cenotaphien [18]) genannt wurde: aus diesem Grunde fehlt auch, wie bereits oben angedeutet wurde, die namentlich auf Grabsteinen von Soldaten, besonders der ehemaligen römischen Heere in den Rheinlanden, so geläufige Schlussformel: H (ic) S (itus) E (st) d. h. hier liegt er begraben.

BIRIBAMI: ist der Genetiv eines latinisierten, ursprünglich semitischen Namens, wie auch die Herkunft des Officiers aus Mesopotamien bezeugt. Die einzelnen Theile dieses Namens werden durch folgende in afrikanischen Inschriften bei Renier vorkommende gleichfalls unverkennbar semitische Männer-

---

[17]) Ganz in derselben Weise findet das Wort MEMORIA auch in altchristlichen Grabschriften seine Verwendung, wie bei Renier n. 3436, 3441—42, 3446—48 zeigen, und es wurde hier, durch das Attribut BONAE erweitert, ein so geläufiges Prädicat des Todten, dass sich sogar ein eigenes Beiwort »bonememorius« bildete: auch bei dieser Formel waren heidnische Inschriften mit »BONAE MEMORIAE« vorangegangen, wie n. 3575, 3617, 3621 und 3628 bei Renier a. a. O. bezeugen.

[1]) Der Namen ist griechischen Ursprunges: $\varkappa\varepsilon\nu o\tau\acute{\alpha}\varphi\iota o\nu$, tumulus inanis, honorarius. Vgl. Digest. XI, 7, 42: Monumentum generaliter res est memoriae causa in posterum prodita; in qua si corpus vel reliquiae inferantur, fiet sepulcrum; si vero nihil eorum inferatur, erit monumentum memoriae causa factum, quod Graeci $\varkappa\varepsilon\nu o\tau\acute{\alpha}\varphi\iota o\nu$ appellant. Bekanntlich ist der älteste aller Grabsteine römischer Krieger in den Rheinlanden ein solches Cenotaphium: es ist das mit dem Brustbilde des Verstorbenen und seiner beiden Freigelassenen ausgestattete Grabdenkmal des M. Caelius, eines Centurionen der 18 Legion, welcher in der Schlacht im Teutoburger Wald (9 nach Chr.) fiel (cecidit bello Variano sagt die Inschrift). Wie diesem sein Bruder, so mögen wohl unserem BIRIBAM seine Commilitonen das Erinnerungsmahl haben errichten lassen. Das Cenotaph des Caelius, bei Xanten gefunden, ist jetzt eine Zierde des Bonner Museums: vgl. Lersch Central-Museum Rheinländischer Inschriften II, 1 S. 1 — 4. Brambach Codex Inscriptionum Rhenanarum N. 209.

und Frauennamen belegt, wie BIRICTBAL (2778). (vergleichbar dem IEROMBAL der Inschrift auf Taf. II, 3), CAELIA BIRIVT (3058), BIRZIL (3021), wozu sich noch ein L. OPPIVS BIRBATRIVS bei Mommsen Insc. Reg. Neap. Lat. n. 276 vergleichen lässt. Auch das Suffix AM (AM-VS), findet seine Analogie einerseits in der Endung des Frauennamens BIRBILITAME bei Grut. p. 734, 2 und andererseits in dem Mannsnamen BIRIAMVS bei Renier 2854, wenn nicht vielleicht gradezu hier ebenfalls BIRIBAMVS zu verbessern ist, wie auf unserer Inschrift steht. Weiter lassen sich noch die gleichfalls afrikanisch-semitischen Namen NAMEPHAMO oder NAMPHAMO (1030, 1761, 3608, 3632, 3954) und GARAMO (1152) vergleichen.

ABSEI: ist Genetiv des gleichfalls semitischen Personennamens ABSEVS und bezeichnet den Vater des BIRIBAMVS nach einem bei Griechen und Römern wie Orientalen constanten Gebrauche, wobei das Wort filius, Sohn, auch auf römischen Inschriften besonders bei fremdländischen Namen öfter ausgelassen wird: so auf einer Heddernheimer Inschrift SELEVCVS HERMOCRATVS bei Brambach a. a. O. (vgl. A. 13) 1454. Der Namen selbst hängt vielleicht mit dem ebenfalls unverkennbar semitischen Namen ABDES auf Taf. II, 2 zusammen und ist in ABSEVS latinisirt, wie ähnliche Eigennamen semitischen Gepräges auf afrikanischen Inschriften bei Renier a. a. O.; dahin gehören CITTEVS (3625), NASSEVS (2647), CODDEVS (3441), GVSTEVS (3598), vielleicht auch ein FABIVS MVSEVS (610): alle diese vorhergenannten Namen eingeborner Afrikaner erscheinen hier als Zunamen zu römischen Vor- und Familiennamen, ganz in derselben Weise, wie öfter auch in den Nordprovinzen des römischen Reiches keltische oder germanische Eigennamen.

DECALAE FIRMAE CATAFRACT: die aus den Provinzen des römischen Kaiserreiches rekrutierten Corps der Cavallerie des Heeres, alae equitum, waren entweder 480 (quingenariae) oder 960 (miliariae) Mann stark und zerfielen erstere in 16, letztere in 24 turmae (Geschwader) zu je 30 Reiter, jede turma in 3 decuriae; letztere waren von decuriones befehligt, deren im Rang erster auch das ganze Geschwader (turma) befehligt zu haben scheint[14]. In den Inschriften werden öfter sowohl Befehlshaber der Geschwader, turmae, als auch decuriones ihrer Unterabtheilungen erwähnt: ein solcher decurio d. h. Befehlshaber oder Officier niederem Grades über 10 Mann Reiter war auch unser BIRIBAMVS[15]. Diese alae wurden nun aber öfter durch Beifügung einer Nummer, zuweilen auch durch die Erwähnung des Stifters der Truppen oder des Landes, in welchem sie stand oder sich besonders ausgezeichnet hatte, oder seit Caracalla auch des regierenden Kaisers unterschieden[16]. Dazu kommt endlich noch die Beifügung eines durch Verdienst erworbenen Ehrennamens oder die Bezeichnung mittelst der Art und Gattung der Waffen, an welcher sie kenntlich waren. Letztere beide Momente kommen bei unserer ala firma catafractariorum in Betracht, welche von der charakteristischen Bepanzerung von Ross und Mann mit der cataphracta (Panzer) als ala cataphractariorum bezeichnet wurde und sich den mit ihrer Waffenrüstung so sehr harmonierenden Beinamen firma d. h. einer festen, starken, wohl durch ihre Ausdauer, Tapferkeit und Unerschütterlichkeit im Kampfe verdient hatte. Mit demselben Beinamen ist auch eine ala

---

[14] Vgl. Becker-Marquardt Handbuch der römischen Alterthümer III, 2, S. 372 ff.

[15] Auf rheinisch-römischen Inschriften sind nach Brambach a. a. O. 67, 271, 272, 307, 320, 924, 964, 1087, 1125, 1344, 2003 (vgl. Grut. p. DXIX, 5) decuriones von 9 verschiedenen alae genannt, wobei für die ala Indiana ausser zwei decuriones auch ein Barbus als Befehlshaber einer turma derselben erwähnt wird (307): er war wohl unter den 3 Decurionen seiner turma im Range der erste.

[16] Vgl. Becker-Marquardt a. a. O. S. 374 f. A. 2121 — 2124.

nova firma . . . . catafractariorum Philippiana in der Grabschrift ihres Befehlshabers (praefectus) bei Orelli 3383 bezeichnet, deren Zeitalter durch den auf Kaiser Philipp den Araber (März 244 bis September 249) bezüglichen Beinamen im Allgemeinen bestimmt ist. Diese beiden alae sind trotz der gleichen Beinamen keinesfalls als identisch anzusehen, wiewohl sie vielleicht in einer Beziehung zu einander stehen, welche in der unten versuchten ausführlichen Erörterung über die equites catafractarii näher dargelegt und begründet werden soll. Im Uebrigen gibt der römische Kriegsschriftsteller Vegetius im 14. Kapitel des II. Buches eine anschauliche Schilderung von der dienstlichen Stellung und Thätigkeit eines römischen Reiterdecurionen. Uebergehend von der Aufzählung der Eigenschaften eines Zugführers (centurio) bei der römischen Infanterie auf die eines decurionen, bemerkt er nämlich: »In ähnlicher Weise ist auch der decurio auszuwählen, welcher eine turma befehligen soll: vor allem muss er an Körper so gewandt sein, dass er bepanzert (loricatus) und im vollen Waffenschmucke unter allgemeiner Bewunderung zu Pferde steigen kann: er muss auf das tüchtigste reiten, seine (lange) Lanze (contus) verständig gebrauchen, seine Pfeile auf das geschickteste absenden, seine Untergebenen von der Abtheilung (turma), welche seiner Sorge unterstellt sind, zu allem anleiten und unterrichten können, was der Reiterkampf erfordert; er muss sie anhalten und zwingen ihre Brustpanzer (lorica) oder Rüstungen (cataphracta), ihre Lanzen (contus) und Helme (cassis) häufig zu putzen und gut zu halten. — — — — Aber es geziemt sich nicht blos die Reiter, sondern auch die Pferde selbst durch anhaltende Uebung einzuüben. Daher liegt dem decurionen die Sorge für die Gesundheit wie für die Einübung sowohl der Menschen als auch der Pferde ob«.

BELLO DESIDERATI: bereits oben ist angedeutet, dass unser Reiterofficier seinen Tod im Kriege gefunden, ohne dass man bestimmt nachweisen konnte, wo und wie er gefallen; er gehörte zu den nach dem Kampfe vermissten und verschollenen Soldaten; demnach war man auch seiner Leiche nicht habhaft geworden, um sie ordnungsmässig unter dem Grabsteine beizusetzen, der darum, wie oben bemerkt, nur ein Cenotaph blieb. Das BELLVM selbst, in dem Biribamus umkam, wird unten als der blutige und verheerende Kriegszug wahrscheinlich zu machen gesucht, welchen der Mörder und Nachfolger des edeln Severus Alexander, (222—235 v. Chr.), der wilde Thraker C. Julius Verus Maximinus (235—238 n. Chr.), im Jahre 235 n. Chr. mit den grösstentheils noch von jenem aus dem Oriente mitgebrachten Truppen gegen die Alamannen am Mittelrheine und Main wahrscheinlich von Mainz aus unternahm.

ORIVNDO EX PROVINCIA MOESOPODAMIA: zuvörderst erscheint hier der Dativ ORIVNDO auffällig, während man nach der grammatischen Construction des ganzen Textes einen Genetiv ORIVNDI so gut erwartet, wie unmittelbar vorher DESIDERATI im Anschlusse an den von MEMORIAE abhängigen Genetiv BIRIBAMI steht. Auch Schenck hat auf diese Nichtübereinstimmung des ORIVNDO in einer handschriftlichen Randnote hingewiesen und sucht sie als gewöhnlich auf den ausserhalb Italiens in den Provinzen des Reiches gefertigten Inschriften zu erklären [17]). Schon bei einer anderen Gelegenheit [18]) ist von uns auf diese grammatische Nichtübereinstimmung aufmerksam gemacht und insbesondere der Nominativ einer Heimathsbezeichnung nach dem voraufgehenden Genetiv oder Dativ eines Personennamens in mehr-

---

[17]) Schenck verweiset auf Schudtii Jüdische Merkwürdigkeiten t. I. p. 120 und Heineccii fundamenta stili p. II. cap. V. VII.

[18]) Vgl. Jahrbücher des Vereins von Alterthumsfreunden im Rheinlande XV S. 108.

fachen Beispielen nachgewiesen worden. Auch in unserer Inschrift hat der Verfasser derselben oder der Steinmetz das an der Spitze stehende MEMORIAE völlig aus den Augen verloren und bei ORIVNDO nur noch an den sonst öfter auf Inschriften im Dativ eingeführten Namen des Verstorbenen gedacht, dem die Grabschrift gewidmet ist. — Was ORIVNDVS selbst betrifft, so dient es wie ähnliche Wörter und Ausdrücke, von welchen unten zu DOMO RAS zu sprechen sein wird, zur Bezeichnung der Abkunft und Heimath, wobei die Praeposition EX bekanntlich dazugesetzt oder weggelassen werden kann. In ganz gleicher Weise, wie auf unserer Inschrift, heisst es auf einer Italischen Grabschrift bei Maffei Mus. Veron. p. CCCXI, 5: HORIVNDVS EX PROVINCIA DACIA, während bei Murat. p. 882, 3 ORIVNDVS TVDER und bei Fabrett. p. 138 n. 136 ORIVND GAZA SYR, demnach also zwei Städtenamen und als solche ohne Praeposition, nach oriundus stehen. Auffällig erscheint weiter die Schreibung von MOESOI ODAMIA statt MESOIOTAMIA, wie sonst in den Inschriften bei Orelli 3191, 6923 und 6930 richtig überleert ist. Offenbar war dem, wie es scheint, in der Geographie wenig bewanderten, vielleicht soldatischen Verfasser der Inschrift oder dem Steinmetzen die Ableitung und Bedeutung des Wortes nicht bekannt; sonst würde er das Wort weder mit einem D statt T geschrieben, noch in dem ersten Theile des Wortes eine Identität mit MOESIA unterstellt haben, welcher letztere Provinzialnamen ihm ohne Zweifel bekannter war und vorschwebte. Bekanntermassen wurde Mesopotamien nebst Armenien und Assyrien im Jahre 115 n. Chr. durch Kaiser Traian zur Römischen Provinz gemacht, ohne dass man es dauernd behaupten konnte. Von Hadrian freiwillig aufgegeben, wurde Mesopotamien unter M. Aurelius durch L. Verus bis zur persischen Mauer wieder erobert und damals sowie von Septimius Severus durch Anlage von Colonien gesichert. Als Provinz brachte Mesopotamien dem Staate nichts ein und war ein beständiger Kampfplatz, zuerst unter Gordian 241, sodann unter Valerian 259—260, wonach sie an den Perserkönig Sapor verloren, von Odenathus 264 wieder erobert, nach Probus Tod 282 von neuem verloren, von Carus 283 nochmals besetzt und durch Diocletian auf einige Zeit gesichert wurde. Im Jahre 363 trat Jovianus den grössten Theil der Provinz mit der festen Stadt Nisibis an die Perser ab, das erste Beispiel einer gezwungenen Länderabtretung, von dem die römische Geschichte weiss. Das hierdurch sehr beschränkte Mesopotamien, soweit es zunächst noch römische Provinz blieb, enthielt zwei Theile, Osrhoëne, südlich begrenzt durch den Fluss Chaboras mit der Hauptstadt Edessa, und Mesopotamia bis zur Grenzstadt Dara in der Nähe von Nisibis mit der Hauptstadt Amida [19]).

DOMO RAS: zwischen MOESOI ODAMIA und DOMO ist in der Abschrift Schencks noch der Buchstaben E eingetragen und verursacht, wie bereits oben angedeutet ist, einige Schwierigkeiten. Da EX kurz vorher (Z. 5) vorausgegangen ist, so müsste dieselbe Präposition sich in derselben Form wiederholen, so ferne sie zu DOMO gehört haben sollte. Die Annahme einer solchen Abweichung in der Schreibung innerhalb weniger Zeilen, an sich schon auffällig, erweiset sich aber alsbald dadurch als unmöglich, weil zahlreiche unten anzuführende Beispiele zeigen, dass, dem lateinischen Sprachgebrauche entsprechend, nur DOMO allein, niemals E oder EX DOMO gesetzt wird. Kann demnach dieses E weder an sich formell, noch weiter grammatisch gerechtfertigt werden, so bleibt nichts übrig als es zu dem vorhergehenden MOESOPODAMIA zu ziehen und als weitere Irrung des Steinmetzen zu erklären, der mit dem ihm unbekannten Worte MESOPOTAMIA überhaupt nicht ins Klare gekommen zu sein scheint. Es bleibt

---

[19]) Vgl. Becker-Marquardt a. a. O. S. III, 1, 204—207.

demnach nur noch DOMO RAS zu erläutern übrig. Wie bereits oben zu dem Worte ORIVNDVS angedeutet, drückt insbesondere die Sprache der römischen Inschriften die Bezeichnung der Herkunft und Abstammung aus einem Lande oder Volke, einer Gegend oder Stadt auf mehrfache Art aus. Wie ORIVNDVS findet sich zunächst NATVS mit dem üblichen Ortscasus, sodann NATIONE mit dem Nominativ des Volksnamens[20]); weiter sodann dieser letztere selbst mit oder ohne näher bestimmenden Zusatz[21]). Am häufigsten findet sich endlich vor allem bei den Namen der Städte der Ablativ derselben, namentlich bei der Mitangabe der Römischen Tribus, wozu sie gehörten. Diese beiden letzten Arten der Herkunftsbezeichnung werden nun aber öfter noch durch den allgemeinen Ausdruck D O M O[22]) eingeführt, d. h. dieser Ablativ tritt vor den Namen einer Stadt oder des Städters oder Volksgenossen[23]).

Was nun schliesslich die Feststellung der mit RAS angedeuteten Stadt in Mesopotamien betrifft, so ist schon oben darauf hingewiesen worden, dass auch hier Schenck wohl in der Abschrift des letzten Buchstaben sich geirrt und ein C statt eines S gelesen habe. Es dürfte nämlich kaum eine andere Stadt Mesopotamiens hier gemeint sein können, als die Stadt RASAINA[24]). Diese Stadt gehörte zu den kleinern Orten derjenigen Landschaft von Mesopotamien, welche Osrhoëne hiess und lag auf der Strasse von Carrhae nach Nicephorium, unweit der zahlreichen Quellen des Chaboras, auf welche sich auch den Namen der Stadt beziehen soll[25]). Zuvörderst nennt sie der Geograph Ptolemäos V. 2, 18: 'Ρισαῖνα,[26]) Stephanos

---

[20]) Vgl. Natus Sassina Grut. p. 522, 8; natus provincia Moesia superiore regione Scrina Dadaniae bei Lehne Ges. Schr. n. 169; natione Noricus, n. Seleuciensis, n. Bessus, n. Cilix, n. Batavus, n. Biturix, n. Dacisca (regione Serdica) u. a. m. bei Grut. p. 569, 7; Kellermann Vigill. later. n. 231, 218; Orelli-Henzen 6395, 5286; Bonn. Jahrb. XV S. 108; ganz eigenthümlich sind dabei die Fälle, wo auch der Volksnamen statt gleichfalls in den Ablativ tritt, wie bei natus, oriundus und domo: so natione Pannonio statt Pannonius bei Kellermann u. a. 214 und n. Bithyno statt Bithynus bei Orelli-Henzen 6896.

[21]) So Cantaber Juliobrigensis in Berliner Monatsberichten 1861 S. 953 oder Juliobrigensis ex gente Cantabrorum provincia Hispania citeriore bei Grut. p. 354, 4; Barcinonensis ex Hispania citeriore: in Berliner Monatsberichten 1861 S. 233; Nertobrigensis ebend. S. 384. Siccaenas ebend. S. 79.

[22]) Die grammatisch verpönte Form DOMV findet sich bei Murat. p. 866, 4 und Fabretti p. 135, 101.

[23]) Dass mit DOMO auch selbst Länder und Welttheile eingeführt werden können, bezeugt DOMO AFRICA bei Orelli 527; bei weitem häufiger und gewöhnlicher sind aber Städte, wie DOMO ATESTE (Grut. p. 536, 5), D. ANTIOCHIA SYRIA (Grut. p. 567, 10), D. AQVILEIA (Mommsen Insc. Reg. Neap. Lat. 4143), D. AVGVSTA TROADE (Orelli 4995), D. CIRCINA (Orelli-Henzen 6944), D. FLORENTIA (Fabrett. p. 135, 101), D. HEMESA (Orelli-Henzen 5307), D. HERACLEA SENTICA (ebend. 5293), D. IVLIA CONCORDIA (Grut. p. 549, 7), D. LARANDA (Kellermann Vigill. later. n. 292), D. ROMA (Renier 144; Murat. p. 1697, 2), D. VERONA (Grotefend Imp. Rom. trib. desc. p. 88), D. BAE (terris, Brambach 1153), D. VERCEL (lis, Orelli 3379), D. GRAVISCIS (Marini Att. d. frat. Arv. II, 778), D. PLACENTIA (Grut. p. 554, 8), D. POLLENT (Fabrett. p. 131, 70), D. SICCA VENERIA (Brambach 1596), D. NERTOBRIGA (Brambach 1150, 1160), D. ARRETIO (Orelli 3587), D. BERYTO (Orelli 1245), D. BODINCOMAGVS (statt BODINCOMAGO, Grut. p. 555, 7), D. COR (sino, Brambach 1162), D. FIRMO PICENO (Kellermann Vigill. later. n. 137), D. FOROIVLI (Murat. p. 865, 6), D. NEMAVSO (Maffei Mus. Ver. n. 446, 6; Kellermann Vigill. later. n. 28), D. LVGVD (uno. Brambach 1169), D. PHILIPPIS (Garucci Isc. Reat. p. 14, n. 9; Archiv für Kunde Österreich. Geschichtsquellen 1851, 1, S. 253), D. TVCCI (Brambach 1152), D. CARTHAGINE (Orelli 96, Bullet. dell'inst. 1860 p. 219; Kellermann Vigill. later. n. 169; Cardinali dipl. imp. p. 299, n. 581), D. VLPIA POETOVIONE (Steiner Cod. Insc. Rh. et Danub. 2915). In gleicher Weise wird DOMO aber auch mit den Namen des Stadtbewohners oder Volksgenossen verbunden, wie sonst in letzterem Falle NATIONE, so D. BETAVOS (Grut. p. 519, 5), D. ITVRAEVS (Grut. p. 523, 9), D. SASSINAS (Murat. p. 866, 4), D. TAVRINVS (Orelli-Henzen 6679), D. TERGESTINVS (Brambach 894).

[24]) Vgl. über diese Stadt Spanheim de praest. numm. antiqq. II. p. 607; Eckhel Doct. Numm. III. p. 518; Interpp. Ammian. Marcellin. XXIII, 5, 16 vol. III. p. 20. ed. Erfurdt; Notit. dignit. ed. Boecking vol. I. p 400, 17 und 407 ff, 4; Pauly Realencycl. VI S. 455; Forbiger Hdbch. d. a. Geogr. II. S. 634; Berbe-Marquardt a. a. O. S. 205.

[25]) Die Lage an den Quellen des Chaboras bezeugen Steph. Byzant. und Procop. de Aedif. II, 5.

[26]) So haben die Codd. Palat. und Coisl.; andere Handschriften bieten 'Ρίσινα und 'Ραισίνα.

von Byzanz: 'Ρέσινα, die Tabula Peutingeriana seg. XI, D: Ressaina, die Notitia dignitatum Orientis theils Rasin, theils Resaina [27]), Procopius endlich de Aedif. II, 4: 'Ρασιος: es ist wohl kaum zu bezweifeln, dass alle diese Namensformen nur eine und dieselbe Stadt bezeichnen sollen, wie schon Cellarius und Mannert [28]) angenommen haben. — Zu der Geschichte der Stadt selbst sind mehrfache nicht unwichtige Vorgänge zu erwähnen. Dahin gehört zuvörderst die Erhebung des Ortes zu einer römischen Colonialstadt. Nachdem unter der Regierung des Marcus Aurelius Mesopotamien in dem parthischen Kriege 162—165 n. Chr. durch L. Verus bis zur medischen Mauer wieder erobert und durch Anlage der Colonien Carrhae, gleichfalls am Chaboras, und Singara gesichert worden war, fügte Kaiser Septimius Severus nach den parthischen Feldzügen von 195 und 197—99 noch die Colonien Nisibis und Resaina hinzu,[29]) und unter Severus Alexander stand dort die legio III pia in Garnison. Ein zweites für Rasaina bedeutsames Ereigniss theilt Ammianus Marcellinus in der Rede Julians an sein Heer vor der Schlacht gegen die Perser (363) mit: bei Resaina besiegte nämlich Gordian III (238—244) die Perser in einem, wie es scheint, nicht unbedeutenden Kampfe[30]). Eine dritte Erwähnung der Stadt gehört dem Anfange des 4. Jahrhunderts an, in dem unter den Bischöfen, welche die Akten des Concils von Nicaea (325) unterzeichneten, auch ein Bischof von Resaina, Namens Antiochus, aufgeführt ist. Ein letzter entscheidender Wendepunkt in der Geschichte der Stadt scheint endlich im Jahre 380 n. Chr. eingetreten zu sein. In diesem Jahre nämlich liess Theodosius der Grosse die Stadt verschöneru und stark befestigen, worauf sie den Namen Theodosiopolis annahm, unter welchem sie bereits in der Notitia dignitatum vorkommt[31]). Dennoch aber scheint sich der alte Namen des Ortes um so mehr erhalten zu haben, als letzterer von seiner Lage an den Quellen des Chaboras abgeleitet zu werden pflegt, sonach uralt sein muss. Nach Abulfeda Tab. geogr. p. 239 bedeutet Ras-ain soviel als »Kopf der Quelle«, eine Ableitung, welche auch d'Herbelot (bei Boecking u. a. O. p. 408) zu adoptieren scheint, wenn er erklärt: »Ras-ala'in, source de fontaine. C'est le nom d'une ville appellée vulguirement Rassalina, située dans la partie de Mesopotamie, appellée Diarbekir ou Diarbekr. Cette ville fut saccagée et détruite par Tamerlan, l'an 796 de l'Hegire«. Auch heutzutage noch hat sich der alte Namen in dem jetzt freilich verwüsteten Orte Ras el am erhalten.[32]) Ist nach allem diesem die Stadt Resaina oder Rasaina in dem RAC oder RAS unserer Rödelheimer Inschrift angedeutet, so können die beiden letzten Worte derselben DOMO RAS nach Analogie der in

---

[27]) Cap. XXXIII, 1, 9 vol. I. p. 90 ed. Boecking: Equites Sagittarii Indigenae Primi Osrhöene Rasin und cap. XXXIV, 1, 2 vol. I. p. 93 Equites promoti Illyriciani Resainae sive Theodosiopoli. So stellt Boecking diese Stelle her, während die Handschriften statt Resainae sive haben Resam oder Resain oder Resaui, indem er als ursprüngliche Lesung Resain s. Theodosiopoli vermuthet: vgl. p. 408.

[28]) Vgl. Cellar. Geogr. II. p. 621 sq. § 33; Mannert Geogr. V, 2, S. 292.

[29]) Die Münzen der Colonialstadt tragen die Umschrift Colonia Septimia Resainesiorum, in griechischer Sprache ΡΗΣΑΙΝΗΣΙΩΝ: vgl. Eckhel D. N. VIII p. 518 und Boecking a. a. O. p. 400. Dass die von Septimius Severus ausgeführte Anlage von Colonien und Neugründung von Städten von grosser Bedeutung gewesen sein muss, ist man aus Tertullians (de pallio c. II) rühmender Anerkennung: »quantum urbium aut produxit aut auxit aut reddidit praesentis imperii triplex virtus« mit gutem Fug zu schliessen berechtigt.

[30]) Ammian. Marcellin. XXIII, 5, 16: rediissetque pari splendore' iunior Gordianus, cuius monumentum vidimus honorate, apud Resainam superato fugatoque rege Persarum, ni factione Philippi praefecti praetorio — — — vulnere impio cecidisset: die Colbert'sche Handschrift bietet hier Resainam, die Ausgabe des Accursius aber Resaenam als Namen der Stadt.

[31]) Vgl. Chron. Edess. in Assemann Bibl. orientalis I. p. 389; Boecking ad Notit. I. p. 408, 5.

[32]) Vgl. Forbiger in Pauly's Realencyclop. a. a. O.

A. 23 zusammengestellten Beispiele zunächst nur durch: DOMO RASAINA vervollständigt und zu der ganzen Herkunftsbezeichnung EX PROVINCIA MOESOPODAMIA DOMO RASAINA die analogen Beispiele: EX ITALIA DOMO BRIXIA und DOMO SEPT AQVINCI EX PANNONIA INFERIORE verglichen werden.[33])

III.

Die Panzerreiterei in den Heeren der römischen Kaiserzeit.

Unter allen fremdländichen Waffengattungen[84]), welche die Heere der römischen Kaiserzeit in sich aufgenommen hatten, nahm die mit dem Namen equites clibanarii[35]), cataphracti

---

[33]) Vgl. Rhein. Mus. f. Philol. N. F. XI S. 32 und Orelli 506.

[84]) Aus den unterworfenen Provinzen ausgehoben, hatten diese Auxiliartruppencorps zum Theile die landesüblichen Waffen der Völker, aus welchen sie rekrutiert waren, beibehalten und werden daher als sagittarii, scutati, contarii, cataphracti, funditores bezeichnet: durch diese Verschiedenheit ihrer Bewaffnung brachten sie eine grosse Mannigfaltigkeit in das Heer; schon Tacitus Hist. II, 89 erwähnt, dass dem Aufzuge des Vitellius in Rom gefolgt seien quattuor et triginta cohortes, ut nomina gentium aut species armorum forent, discretae: vgl. Becker-Marquardt a. a. O. III, 2 S. 370 f.

[85]) Die Benennung clibanarii leitet sich von clibanus oder clibanum (in den Glossen: Κλίβανος, clibanus) ab, eine Art von Gefässen, deren Gestalt, wie es scheint, zur Uebertragung ihrer Benennung zunächst auf eine Art von Brustpanzer Veranlassung gab. Ein anonymer Schriftsteller de re bell[i]ca bei du Cange Lex. II. p. 396 gebraucht daher clibanus gradezu in der Bedeutung von lorica, der Bezeichnung für den Römischen Brustpanzer: ut hoc(thoraconacto) induta primum lorica vel Clivanus aut his similia, fragilitatem corporis ponderis asperitate non laederent. Von clibanus abgeleitet bedeutet sodann clibanarius zunächst jeden einzelnen' von Kopf bis zu Fuss in Eisen gepanzerten Soldaten, zum Unterschiede von dem römischen leichter gerüsteten loricatus: daher erklären die Glossen Isidori s. Danielis und Papias: clibanarii, quasi tunica ferrea oder ferri, wie die theilweise falsche Textesüberlieferung verbessert werden muss, ebenso das Glossarium Nomicum s. Basilii und Laurent. Lyd. de magg.: ὁλοσίδηροι; κλίβανα (κηλίβανα Lyd.) γὰρ οἱ Ῥωμαῖοι τὰ σιδηρᾶ καλύμματα καλοῦσι, ἀντὶ τοῦ κηλάμινα: letzteres Wort will Valesius zu Ammian. Marcellin. XVI, 10 p. 142 in καλαμῖνα, Salmasius zu Lamprid. Alex. Sev. 56 p. 234 in καλύβινα und Spanheim zu Julian. orat. I p. 250 in χαλύβινα ändern, ohne dass mit dieser Ableitung des Wortes von καλύβη (Verhüllung) oder von χάλυψ (Stahl) etwas weiter für dessen Deutung gewonnen wäre. Sicherlich ist nämlich das Wort ein ursprünglich Persisches, wie schon du Cange a. a. O., Lipsius zu Tacit. Ann. III, 43 und Cellarius bei Tzschucke zu Eutrop. Brev. VI, 9 p. 351 ausgesprochen haben, während Bapt. Pius Adnot. Post. Syll. III, c. 81 und Salmasius a. a. O. unter Bestimmung Wagners zu Ammian. Marcellin. XVI, 10, vol. II. p. 211 ed. Erfurdt und Schregers bei Tzschucke a. a. O. sich für eine Ableitung aus dem Griechischen erklären, die von den Römern adoptiert worden sei. Böcking hat zur Notit. dignit. orient. c. IV, 8, vol. I. p. 187, 9 die Stellen gesammelt, welche das Wort als ein Persisches erweisen: Lamprid. Alex. Sev. 56: Persas vicimus: cataphractarios, quos illi clibanarios vocant, X milia in bello interemimus; Ammian. Marcellin. XVI, 10, 8: cataphracti equites, quos clibanarios dictitant Persae. Man ersieht daraus, dass die Bezeichnung der cataphractarii durch clibanarii bei den Römischen Heeren der spätern Kaiserzeit besonders in' Aufnahme gekommen ist, als in Folge der Kämpfe mit den Persern selbst auch deren schwere Panzerreiterei in jene Heere aufgenommen worden war. Es bezeugt dieses weiter auch Veget. R. M. III, 24, welcher unter den verschiedenen Arten der Bekämpfung der Elephanten auch folgende anführt: bini cata-

oder cataphractarii [36]), auch wohl ferrati [37]) (Panzer- oder Eisenreiter) bezeichnete Reiterei eine hervorragende Stelle ein. Von ihrer das ganze Ross und den ganzen Mann völlig einhüllenden Eisenbepanzerung benannt und einerseits durch diese Art der Bewaffnung, andererseits durch die Unerschütter-

---

[36]) phracti equi jungebantur ad currum, quibus insidentes clibanarii sarissas, hoc est, longissimos contos (wie sie auch die equites cataphractarii zu tragen pflegten) in elephantos dirigebant: auch dieses weiset wiederum entschieden auf asiatische Kampfesart mittels Streitwagen hin. Ganz erklärlich erscheint es darnach, dasselbe Wort, wie in den obenerwähnten Stellen, so auch zur Bezeichnung bepanzerter Soldaten, insbesondere bei der Reiterei, überall da gebraucht zu finden, wo zunächst von einheimisch persisch-parthischen Truppencorps und Kriegern ausserhalb; aber auch innerhalb der Römischen Heere die Rede ist. So zählt Eutrop. Brev. VI, 9 unter dem Heere des Königs Tigranes gegen Lucullus auf: sexcenta milia clibanariorum, und in gleicher Weise gedenkt die lex IX cod. Theodos. de annonis civicis et pane gradili (XIV, 17) fasc. V. p. 1111 * ed. Böcking der schola clibanariorum scutariorum zu Constantinopel, eines offenbar nach persischer Weise geschulten oder aus Persern rekrutierten Corps bepanzerter Schildträger, welches auch in der Notit. dignit. orient. c. x. vol. I. p. 38, 5 ed. Böcking erwähnt wird. Ganz übereinstimmend hiermit bedient auch letztere sich überhaupt überall nur da des Wortes clibanarii (und nicht cataphractarii) wo Asiaten, insbesondere Perser, Parther, Palmyrener entweder als Soldaten im Römischen Heere ausdrücklich genannt werden, wie p. 19, B, 7; p. 23, A, 5 und B, 6; p. 27, A, 10, oder doch mit Sicherheit zu vermuthen sind, wie p. 19, A, 2; p. 27, A, 7. Mit Recht hat daher Böcking vol. I. p. 186, 9 darauf hingewiesen, dass die Notitia offenbar die clibanarii und die cataphractarii wohl unterscheide. Auch Alexander Neapol. Genial. l. VI, c. 22 bei Stewech zu Veget. R. M. III, 23 p. 366 und Gutherius de Offic. Dom. Aug. III, 12 in Sallenger Thes. III p. 530 stellen einen Unterschied zwischen beiden auf, wenn dieser auch überhaupt nur mehr als ein nomineller zu bezeichnen ist. Clibanarius scheint nämlich, wie bemerkt, die aus dem Persischen in die Soldatensprache der Römischen Heere übergegangene Bezeichnung für fremdländische bepanzerte Soldaten gewesen zu sein, welche sodann auch, besonders in der Notitia dignitatum, selbst officiell für diese beibehalten werden konnte, cataphractarii aber die eigentliche officielle Benennung für die theils aus eingebornen Asiaten, theils aus Römern gebildeten Corps der schweren Panzerreiterei, welcher den practische Sinn der Römer zur Einführung der Mannschaft auch wohl in einzelnen Fällen Asiaten zu Officieren geben mochte, wie der Mesopotamier Biribam einer war. Sehr nahe lag es aber, dass die Soldatensprache nicht blos den asiatischen, sondern bald auch jedweden fremdländischen Panzerträger mit dem Worte clibanarius bezeichnete: Ammianus Marcellinus XVI, 12 wenigstens scheint dieses mit den Worten: norunt enim licet prudentem ex equo bellatorem cum clibanario nostro congressum anzudeuten, und Nazarius panegyr. Constantin. c. 22: species formidolosa, operimento ferri equi atque homines pariter obsepti: clibanarii in exercitu nomen est bezeugt es nicht minder, indem er von den Panzerreitern Alpinischgallischer Staaten spricht. Dass aber diese Waffengattung auch bei den Gallien Eingang gefunden oder von Altersher im Kriegsgebrauche gewesen, erweiset das Zeugniss des Tacitus Ann. III, 43: adduntur e servitiis gladiaturae destinati, quibus more gentico continuum ferri tegimen: cruppellarios vocant, inferendis ictibus inhabiles, accipiendis impenetrabiles.« (vgl. A. 38.) Ueber die clibanarii sind insbesondere zu vergleichen I. Barnab. Brisson. de regio persarum principatu libri tres, Heidelberg 1595, 8, III, § 35; Interpp. zu Ammian. Marcellin. XVI, 12; Alardus zu Val. Flacc. VI, 234; Cerda zu Verg. Aen. XI, 770; Gothofred. zu Cod. Theodos. a. a. O. T. V p. 279; Interpp. zu Ruf. Brev. c. 15 u. Eutrop. Brev. VI, 9, 351 sq. ed. Tzschuck; Brouckhus. zu Propert. III, 10, 12; Interpp. zu Panegyr. vett. ed. Arntzen vol. II. p. 596; Stewech zu Veget. R. M. III, 22 p. 365 sq. u. III, 24 p. 377; Leo Imp. Tact. c. VI n. XXX; Spanheim zu Julian. orat. I. p. 250, Lips. M. R. III, 6 p. 131; Böcking zur Notit. dignit. vol. I. p. 186, 9 u. II. v. 270, 28; Forcell. s. v. p. 480.

[*]) Der Namen der cataphracti oder cataphractarii leitet sich bekanntlich von dem griechischen Zeitworte καταφράσσειν, munire, schützen, decken, ab und kann im Lateinischen, wie Ossann Auctar. lex. graec. p. 182 gezeigt auch mit f statt ph geschrieben werden, wie nicht nur die Schreibweise der Handschriften der Notitia dignitatum (vgl. Böcking vol. I p. 187, 16), sondern auch Inschriften erweisen, zu welchen nunmehr auch unsere Grabschrift gerechnet werden muss: vgl. Orelli 804, 3383. Cataphracta, καταφρακτή, aber wird in einer handschriftlichen Randglosse zu Nonius Marcellus p. 382 ed. Gerlach und Roth erklärt als vestimentum militis ferri lamina aut cornu composita, ne ictu penetretur. Es können somit sowohl Fussgänger als auch Reiter mit diesem Namen bezeichnet werden; in der Regel versteht man darunter nur letztere, deren Streitross gleichfalls völlig durch eine entsprechende Verpanzerung gedeckt war; über die Art dieser Verpanzerung wird weiterhin gesprochen werden. Vgl. zur Geschichte der cataphractarii insbesondere Brisson. a. a. O. p. 303 sqq. u. Spanheim zu Julian. orat. I. p. 246—247.

[37]) Während clibanarii aus dem Persischen, cataphractarii aus dem Griechischen abgeleitete Namen dieser Reiter sind, muss ferrati als die eigentlich Römische Bezeichnung derselben angesehen werden, wiewohl sie nicht in allgemeinen Gebrauch übergegangen ist. Schon Propertius III, 10, 12 bezeichnet den Persischen Panzerreiter mit: Ferreus

lichkeit ihres Widerstandes, wie die Wucht ihres Angriffes, dem Feinde gleich furchtbar, bildete sie die eigentliche schwere Reiterei des Heeres. Wie schon die verschiedenen Namen dieser fremden Truppengattung andeuten, nahm sie ihren Ursprung und Ausgangspunkt vom Oriente her, indem sie von den Persern und Parthern zu den Sarmaten, Griechen und Römern, wie überhaupt auf das Abendland, selbst bis zu den Alpenvölkern [38]), wie es scheint, übergegangen und verpflanzt worden ist.

Schon in den Zeiten der Perserkriege wird dieser schwergerüsteten Reiterei als der Hauptstärke der altpersischen, wie später der Parthischen Heere gedacht; sie bestand zumeist aus Edeln und Sklaven. Darius soll 60,000, Artaxerxes sogar 120,000 dieser Reiter ins Feld geführt haben, doch sind diese Angaben wohl übertrieben [39]). Etwas später erwähnen sie Xenophon [40]) aus dem Feldzuge des jüngern Cyrus gegen seinen Bruder Artaxerxes, sodann Curtius [41]) bei dem Kampfe Alexanders des Grossen mit dem letzten Perserkönige Darius Codomannus. Selbst die römischen Dichter, wie Vergilius [42]), entnehmen von ihnen die poetische Ausrüstung ihrer asiatischen Helden, bis endlich die Römer selbst schon vor der Kaiserzeit in ihren Kriegen mit den asiatischen Königen die Bekanntschaft dieser gewaltigen Reiterschaft des Ostens machen [43]) und bald auch schon unter Kaiser Augustus (30 vor — 14 nach Chr.) derselben von neuem bei den gefürchteten Parthern begegnen, deren Kriegszucht und Uebung,

aurato neu cataphractus equo; ebenso vergleicht sie Claudian. Rufin. II, 359 f. mit simulacra ferrea, und ein Anonymus bei Valesius (vgl. Spanheim zu Julian. orat. I. p. 247 und 250) nennt geradezu die Panzerreiter des Licinius, des Gegners Constantins des Grossen, equites ferrati d. h. cataphracti. Auch Tacitus nennt die Annal. III, 43 (vgl. A. 38) mit dem Namen cruppellarii belegten Gallischen cataphracti weiterhin c. 45 ebenfalls ferrati.

[38]) Die Ausleger des Tacit. Annal. III, 43 und 45, insbesondere auch Justus Lipsius, sind darüber im Zweifel, ob die in der bezeichneten Stelle erwähnten Gallischen cruppellarii, deren Namen sonst nicht mehr vorkommt, bepanzerte Fussgänger oder Reiter gewesen seien, und Orelli glaubt aus der Stelle in c. 45: in fronte statuerat (Sacrovir) ferratos, in cornibus cohortes, a tergo semermos nur auf Fussgänger zu schliessen sich befugt. Aber grade die Voranstellung der Gepanzerten im Kampfe berechtigt wohl mit besserem Grunde in den cruppellarii nur Panzerreiter anzunehmen: auch in der unheilvollen Schlacht bei Carrhae (53 v. Chr.) standen die equites cataphracti der Parther in der Fronte der Schlachtordnung, wie Plut. Crass. c. 25 angibt: vgl. A. 81.

[39]) Vgl. v. Wietersheim Gesch. der Völkerwanderung II S. 221 A. 167.

[40]) Anab. I, 8, 6 und 7 berichtet Xenophon, dass die Persischen Reiter des jüngern Cyrus mit Panzern, Helmen und Beinschienen gerüstet waren; die Pferde hatten alle Stirn- und Brustpanzer.

[41]) Expedit. Alex. M. IV., 35, 3 sagt Curtius von dem Heere des letzten Perserkönigs Darius: Equitibus equisque tegumenta erant ex ferreis laminis serie inter se conexis.

[42]) Aeneid. XI., 770 ff.: Forte sacer Cybelae Chloreus olimque sacerdos
     Insignis longe Phrygiis fulgebat in armis
     Spumantemque agitabat equum, quem pellis ahenis
     In plumam squamis auro conserta tegebat.
Zu dieser poetischen Andeutung eines ehernen Schuppenpanzers bemerkt der alte Commentator Servius: Cataphracti autem equites dicuntur, qui et ipsi ferro muniti sunt et equos similiter munitos habent; de quibus Sallustius dicit: — (vgl. A. 81).

[43]) Zuvörderst gedenkt Livius XXXV, 48 u. XXXVII., 40 aus dem Kriege gegen Antiochus III. von Syrien (um 190 v. Chr.) ausdrücklich solcher Panzerreiter in dessen Heer. Weiter erwähnt sodann auch Eutrop. Brev. VI, 9 diese schwere Reiterei bei Erzählung des durch Lucullus geführten Mithridatischen Krieges (um 73--68 v. Chr.) mit den Worten: Ergo Lucullus repetens hostem fugatum, etiam regnum Tigranis, qui Armeniis imperabat, ingressus est: Tigranocerta, civitatem Armeniae nobilissimam, cepit ipsumque regem cum sexcentis milibus clibanariorum et centum milibus sagittariorum et armatorum venientem XVIII milia militum habens ita vicit, ut magnam partem Armeniae deleverit. Auch Cass. Dio XLIX, 20 gedenkt der Parthischen Panzerreiter bei dem Kampfe des Ventidius gegen König Pacorus in Syrien (35 v. Chr.), in welchem sie trotz tapferen Widerstandes den Römischen Schleuderern erlagen, von denen sie aus der Ferne mit heftigen Würfen angegriffen worden waren.

wie Bewaffnung und Kampfesart ihre ganze Aufmerksamkeit in Anspruch nimmt[44]). Während unter Kaiser Othos (69 n. Chr.) kurzer Regierung der Einbruch der Rhoxolanen, eines Sarmatischen Volkes, in Mösien, die schreckhafte Furchtbarkeit jener Panzerreiter des barbarischen Ostens, den Römern in bedrohlicher Nähe zeigte[45]), stiessen sie wiederum in Kaiser Trajans (97—117 n. Chr.) Dakischen Feldzügen mit den Parthischen Eisenreitern zusammen und nahmen sie als Bundesgenossen in ihr Heer auf, in welchem sie, wie es scheint, fortan ein neues fremdländisches Element bildeten oder zum wenigsten ihre Bewaffnung und Kampfesweise verwerthet werden sollte[46]). Letzteres scheint vornehmlich unter Kaiser Hadrian (117—138 n. Chr.) geschehen zu sein, welcher einerseits, nach dem Berichte des Arrianos[47]), besondere militärische Exercitien anordnete, um die Römischen Soldaten namentlich in der Parthischen und Armenischen Kampfesart einzuüben, andererseits aber zugleich aus fremdländischen Völkern des Westens besondere Panzerreitercorps nach orientalischem Vorbilde formierte, wie die ala Gallorum et Pannoniorum cataphractariorum beweist, deren Präfekten unter Hadrian oder Antoninus Pius eine Italische Inschrift (Orelli 804) nennt. Nur zu bald war Gelegenheit geboten, diese Einübung barbarischer Kampfesart zu erproben: darf man dem Lobredner Nazarius glauben, so geschah es mit geringem Erfolge, da die Parthischen Eisenreiter nach wie vor selbst den Römern ein furchtbarer Feind blieben. In dem von dem Kaiser M. Aurelius Antoninus (161—180 n. Chr.) gegen die Parther geführten Kriege (161—166) leisteten nämlich diese gefährlichsten Feinde des Römischen Reiches den hartnäckigsten Widerstand, und insbesondere sollen die Parthischen Panzerreiter dem Römischen Heere schon durch ihren Anblick allein solche Furcht eingejagt haben, dass der Kaiser den Partherkönig Vologaesus um Frieden gebeten habe[48]). Wiewohl nicht gezweifelt werden kann, dass diese Angaben des Panegyrikers auf Uebertreibung beruhen, so lässt sich immerhin nicht verkennen, dass auch selbst die Römer den Schrecken, welcher dieser barbarischen Waffengattung vorausging, noch auf langehin nicht zu überwinden vermochten, wie man aus der Geschichte der Kriegsthaten des Severus Alexander (März 222 — August 235 n. Chr.) zur Genüge ersieht. Dieser ebenso edle als tapfere Kaiser war es, welcher den Bann brach, und nicht allein die vielgefürchteten Feinde überwand, sondern auch die fremdländische Panzerreiterei förmlich in das Römische Heer einführte, in dem er einestheils mit den erbeuteten

[44]) Vgl. A. 81.

[45]) Vgl. A. 83.

[46]) Vgl. A. 81.

[47]) Nach Arrianos Tact. XXXIII. u. XXXIV p. 260 ff. ed. C. Müller hat der praktische Sinn der Römer mancherlei, was erspriesslich schien, von der Kampfesweise und Bewaffnung der Parther, Sarmaten, Kelten und anderer Völker sich angeeignet, und insbesondere war es Kaiser Hadrian, der nach den Mittheilungen des Arrianos a. a. O. XLIV, p. p. 246 die Kriegsübungen der Barbaren, vornehmlich der Armenier und Parther, einzuüben befahl (vgl. Spanheim zu Julian. Orat. I. p. 108 und 248), zumal er selbst mit gutem Beispiele voranging, wie Spartian in des Kaisers Lebensbeschreibung c. XXIV bemerkt: equitavit ambulavitque plurimum armisque et pilo se semper exercuit.

[48]) Nazar. Panegyr. Constantin. c. XXIV: Antoninus imperator in toga praestans et non iners nec futilis bello, cum adversum Parthos armis experiretur, visis cataphractis, adeo totus in metum venit, ut ultro ad regem conciliatrices pacis litteras daret. Quas cum rex, immodicus animi, respuisset, insolentia quidem barbari debellata est, sed patefactum est, in his armis tantum inesse violentiam, ut et vincendus fideret et superaturus timeret. — Der hier genannte Imperator Antoninus, welcher das Römische Heer befehligte, war L. Verus Antoninus, Bruder des Aurelius Antoninus, mit welchem er wegen glücklicher Beendigung des Krieges einen Triumph feierte: von einer besondern Furcht und freiwilligen Friedensanerbietungen der Römer berichten die sonstigen Quellen zur Geschichte dieses Parther-Krieges nichts: vgl. die Ausleger zu dieser Stelle des Nazarius bei Arntsen Panegyr. vett. vol. II. p. 601 § 6.

Rüstungen der getödteten Feinde die eigenen Leute versah[49]), anderentheils Afrikaner und Asiaten — unter letzteren insbesondere Parthische Ueberläufer — in sein Heer aufnahm. Ausführlich berichtet über letzteren Vorgang der Geschichtschreiber Herodian[50]) in einer Stelle, welche für die Ausdeutung und Zeitbestimmung unserer Inschrift so wichtig und entscheidend ist, dass sie hier vollständig und ihrem Wortlaute nach wiedergegeben, wie auch in den Zusammenhang der bezüglichen Ereignisse eingeordnet werden muss.

Severus Alexander war um das Jahr 234 mit dem Perserkriege beschäftigt, als er in Antiochien die Nachricht erhielt, dass die Germanen Donau und Rhein überschritten hätten und schon Illyrien und Italien bedrohten: es bedürfe, meldete man ihm, seiner persönlichen Anwesenheit und seines ganzen Heeres zur Abwehr der Feinde[51]). Einen Theil des Heeres zum Schutze der Ostgrenze des Reiches zurücklassend, brach Severus Alexander nur ungern nach dem Westen auf, ging zuvörderst nach Rom, feierte dort einen Triumph wegen seines Sieges über die Neuperser, die Nachfolger der Parther, und hielt im Senate jene Rede, aus welcher unten (A. 49) die für unsere Erörterung wichtigste Stelle mitgetheilt ist. Von Rom aus begab sich der Kaiser sodann nach Germanien, d. h. er trieb zuerst die in Gallien eingedrungenen Alamannen zurück, rückte an das Rheinufer und bereitete dort Alles zum weiteren Kriege vor, ging aber nicht über den Rhein, sondern versuchte durch Gesandte mit den Alamannen über den Frieden zu unterhandeln. Diese verhängnissvolle Zögerung brachte die Verschwörung, welche schon im Oriente gegen ihn angezettelt worden war, in seinem Heere zum Ausbruche, in Folge dessen er bekanntlich mit seiner Mutter und einigen Getreuen bei Mainz ermordet, und der ungeschlachte Thraker C. Julius Maximinus zum Kaiser ausgerufen wurde[52]). Ueber das am linken Rheinufer in und um Mogontiacum (Mainz) zur Fortführung des Krieges gegen die Alamannen aufgestellte Heer des Severus Alexander berichtet nun aber Herodian a. a. O. wörtlich also: »Alexander aber führte sehr viele Maurusier und eine grosse »Anzahl von Bogenschützen aus dem Oriente herbei, sowohl aus dem Lande der Osrhoëner, »als auch wer immer von den Parthern überlaufend oder durch Geld gewonnen ihm gefolgt war zur »Mithilfe; diese übte er ein, in der Absicht sie den Germanen entgegenzustellen. Am meisten nämlich »wird diesen ein solches Heer gefährlich, indem sowohl die Maurusier aus der Ferne ihre Wurfgeschosse »schleudern und mit Leichtigkeit angreifen und sich wieder zurückziehen, als auch die Bogenschützen auf die »entblössten Köpfe und riesigen Leiber derselben sehr leicht und von ferneher wie auf ein Ziel ihre Pfeile »richten konnten.« Man ersieht aus dieser interessanten Mittheilung des Historikers, dass Severus Alexander die militärische Bedeutung dieser orientalischen Kampfesweise den Germanen gegenüber richtig würdigte und die Maurusischen Speerwerfer, die vorderasiatischen Bogenschützen und ohne Zweifel auch die Parthischen und Römischen Panzerreiter, welche letztere er selbst erst neugebildet und als besondere Waffengattung in sein Heer eingeführt hatte, grade so verwandte, wie die Franzosen heutzutage ihre

---

[49]) Lampridius im Leben des Sever. Alex. c. 56 führt aus dessen bei Gelegenheit seines Triumphes über die Neu-Perser im Senate gehaltenen Rede folgende Worte an: Persas vicimus — centum et viginti milia equitum eorum fudimus cataphractarios, quos illi clibanarios vocant, decem milia in bello interemimus: eorum armis nostros armavimus.

[50]) Hist. VII, 7, 17—19.

[51]) Vgl. Herodian Hist. VI, 7, welcher jedoch nichts von der Rückkehr des Kaisers nach Rom berichtet.

[52]) Vgl. Herodian a. a. O.; Jul. Capitolin. Maxim. c. 7; v. Wietersheim Gesch. d. Völkerwanderung II. S. 224 A. 170 und S. 233; Th. Bernhardt Gesch. Roms v. Valerian bis Diocletians Tod I. S. 21; Zonaras XII., 15.

Zouaven und Turkos. Von der grössten Bedeutung aber für unsere Grabschrift ist die ausdrückliche Angabe, dass sich unter den von Severus Alexander aus dem Oriente mit an den Rhein gebrachten Truppen auch Leute aus der Landschaft Osrhoëne in Mesopotamien befanden, aus welcher grade unser Panzerreiterofficier Biribamus gebürtig war. Mit grosser Wahrscheinlichkeit lässt sich demnach unsere Grabschrift nicht allein in die erste Hälfte des 3ten Jahrhunderts, sondern noch genauer wohl in die Jahre 235—238 n. Chr. setzen. Als nämlich der Mörder und Nachfolger des Severus Alexander, der schon obenerwähnte Maximinus, (235 — April 238 n. Chr.), in richtiger Würdigung der durch seines Vorgängers verhängnissvolle Friedensunterhandlungen zum Ausbruche getriebenen Empörung der Soldaten, sich, wie Herodian[53]) bezeugt, gezwungen sah, vor Allem den Alamannen gegenüber kräftig aufzutreten, verstärkte er zunächst das von Severus angesammelte Heer noch weiter und übte es gleichfalls zum Kampfe gegen die gefürchteten Germanen ein. Herodian[54]) nennt bei diesem Anlasse als Bestandtheile des Heeres gleichfalls Mauren, (Maurusier), Osrhoëner, Armenier und Parther und hebt dabei vornehmlich wiederum die Speetwerfer und Bogenschützen als für die Germanen besonders gefährliche Gegner hervor: Maximinus hatte nämlich auch seinerseits weitere orientalische Streitkräfte dem Heere des Severus am Rheine zugeführt. Mit dieser gewaltigen Streitmacht ging Maximinus im Sommer des Jahres 235, wahrscheinlich bei Mainz, über den Rhein, drang zunächst auf dem nördlichen Mainufer nach der Nidda hin vor, sodann wohl oberhalb dem heutigen Frankfurt links gegen den Taunus, von da rechts gegen den Main, überschritt diesen und rückte an demselben aufwärts vor, die Alamannen allwärts hinter den Grenzwall zurückwerfend, um das ganze diesseitige Zehntland wiederzugewinnen und wiederherzustellen[55]). In den folgenden Jahren 236 oder 237 setzte Maximinus diese gewaltigen Schläge gegen die Germanen bis zur Donau und, wie es scheint, selbst bis nach Pannonien hin fort[56]). Ueber zwei Jahre muss dieser Kampf gedauert haben und konnte daher mit vollem Rechte auf unserer Grabschrift ein BELLVM genannt werden. In dem erstem der beiden Feldzüge dieses Krieges im J. 235 oder 236 wird unser Panzerreiterofficier Biribamus bei dem Kampfe mit den zurückweichenden Alamannen umgekommen und vermisst worden sein. Das Schicksal dieses Officiers legt eine Vermuthung über das Schiksal der ganzen Truppe nahe, zu welcher er gehörte. Wenn nicht alles trügt, so war der Kampf der Römischen Panzerreiterei mit den Alamannen, in welchem Biribamus fiel, nicht blos ein hartnäckiger und blutiger, sondern auch überhaupt ein für die Römer unglücklicher gewesen; die Alamannen werden nämlich schon aus Anlass eines Kampfes, den Kaiser Caracalla (211—217 n. Chr.) mit ihnen etwa in derselben Gegend durchzufechten hatte, als ausgezeichnet im Reitergefechte gerühmt:[57]) es mochten demnach wohl hier die stolzen Cataphractarier ihre Meister gefunden haben. Vielleicht hängt mit den damaligen ohne Zweifel argen Ver-

[52]) Hist. VII. 1.

[53]) Hist. VII. 2, 2—6; Capitolin. Maxim. duo c. 11: post haec transit (Maximinus) in Germaniam cum omni exercitu et Mauris et Osdroenis et Parthis et omnibus quos secum Alexander ducebat ad bellum et ob hoc maxime orientalia secum trahebat auxilia, quod nulli magis contra Germanos quam expediti sagittarii valent. Mirandum autem adparatum belli Alexander habuit, cui Maximinus multum dicitur adduxisse.

[54]) Vgl. Herodian a. a. O.; Spartian. Max c. 12 u. 13 Capitolin. a. a. O. c. 12: die nähere Erörterung dieser Kriegszüge, in Folge deren Maximinus den Titel »Germanicus« (Orelli 964, 965) annahm, bleibt einer besondern Untersuchung über »die Rheinübergänge der Römer bei Mainz» vorbehalten.

[55]) Vgl. Capitolin. Maxim. duo c. 13: pacata Germania Sirmium venit.

[56]) Vgl. Aurel. Victor de Caess. XXI: Alamannos gentem populosam ex equo mirifice pugnantem prope Moenum amnem devicit.

4

lusten der ala firma catafractariorum unserer Grabschrift die Reorganisation dieses Reitergeschwaders unter Kaiser Philipp dem Araber (März 244 — September 246 n. Chr.) zusammen, da folgende Inschrift unbekannten Fundorts[58]) sie, wie es scheint, als NOVA (neue) bezeichnet:

... VLIO · IVLIA ... NAR

PRAEF · LEG · I · PARTHICAE

PHILIPPIANAE · DVCI · DEVOTIS

... MOTREBICIVS · AVOHNA

PRAEF · ALAE · NOVAE · FIRMAE

... X · CATAFRACT · PHILIPPIANAE

PRAEPOSITO OPTIMO

Mag das Verhältniss beider durch gleichen Beinamen ausgezeichneten Reitergeschwader aber auch gewesen sein, wie es wolle, erwiesen bleibt der Fortbestand der durch Severus Alexander in das Römische Heer eingeführten fremdländischen Panzerreiterei unter den nachfolgenden Kaisern, wenn auch nur einzelne, zumeist aber um so bedeutsamere Zeugnisse darüber vorliegen. Der inschriftlichen Urkunde für die Zeit Philipps schliesst sich nämlich zunächst für die Regierung des Kaisers Decius (249 — December 251 n. Chr.) ein Brief desselben an den Praeses von Achaia über ein dem damaligen Tribunen und spätern Kaiser Claudius zu übertragendes Commando eines neuzubildenden Armeecorps an, unter dessen Bestandtheilen wiederum hundert equites cataphractarii genannt werden[59]). Aus gleicher Veranlassung ist auch ein Schreiben des Kaisers Valerian (253—259 n. Chr.) an den tapfern Tribunen und nachmaligen Imperator Aurelianus (270 — März 275) erflossen, welches unter den letzterem zu unterstellenden Truppen ebenfalls achthundert cataphractarii aufzählt[60]). Eine besonders glanzvolle Rolle scheinen daher auch ebendieselben Panzerreiter bei dem prachtvollen Triumphzuge gespielt zu haben, welchen der zuletzt genannte Kaiser Aurelian nach Befriedung des gesammten Römerreiches als restitutor imperii

---

[58]) Diese Inschrift theilt Osann Auctar. lex. Graec. p. 182 aus Richters Wallfahrten im Morgenlande p. 565 (Orelli 3383) mit: bedauerlich bleibt die Lücke hinter dem Worte FIRMAE, in welcher das ... X kaum richtig abgeschrieben sein kann, zumal eine etwaige Nummer der Ala unmittelbar hinter diesem Worte folgen müsste: der Beinamen PHILIPPIANA, welchen hier die LEG. I. PARTHICA und die ALA NOVA FIRMA CATAFRACTARIORVM führen, fand sich bekanntlich in der jüngsten Zeit auf folgender Votivinschrift zu Osterburken in Baden wieder vor:

GENIO

OPT

COHIII

AQVIT

PHILIPPI

ANAE

[59]) Vgl. Trebell. Poll. Claud. c. 17 vol. II. p. 134 ed. Jordan und Eyssenhardt: epistola Decii de eodem Claudio: Decius Messalae praesidi Achaiae salutem: inter cetera tribunum vero nostrum Claudium optimum iuvenem fortissimum militem constantissimum civem castris senatui et rei publicae necessarium in Thermopylas ire praecepimus mandata eidem cura Peloponnesium scientes neminem melius omnia, quae iniungimus, esse curaturum; huic ex regione Dardanica dabis milites ducentos, ex catafractariis centum, ex equitibus sexaginta, ex sagittariis Creticis sexaginta, ex tironibus bene armatos mille. Bemerkenswerth sind unter diesen Truppenabtheilungen insbesondere die Cretischen Bogenschützen, über welche der Anhang mit Bezug auf Taf. II, 1 zu vergleichen ist.

[60]) Vgl. Vopisc. Aurelian. c. XI. vol. II. p. 143 ed. Jordan und Eyssenhardt: in tua erit potestate militiae magis-terium: habes sagittarios Itureos trecentos, Armenios sescentos, Arabas centum quinquaginta, Saracenos ducentos, Mesopotamenos auxiliares quadringentos; habes legionem tertiam Felicem et equites cataphractarios octingentos, Ueber die Ituraeischen Bogenschützen ist mit Bezug auf Taf. II, 3 und 4 der Anhang zu vergleichen.

feierte[61]. Aus allen diesen fast nur gelegentlichen Erwähnungen der equites cataphractarii ersieht man zur Genüge, eine wie bedeutsame Stelle dieselben bereits neben und mit den übrigen fremdländischen Truppencorps, insbesondere den Bogenschützen, in dem Römischen Heere einnahmen und ein wie hoher Werth auf den Besitz dieser furchtbaren und unwiderstehlichen Waffengattung gelegt wurde. Es ist daher recht wohl begreiflich, dass alsbald schon auch der glückliche zum Kaiserthrone emporgestiegene Soldat C. Aurelius Valerius Jovius Diocletianus (284—305 n. Chr.) zur Neubildung solcher Reitercorps schritt, wie die seinen Namen tragende ala prima Jovia catafractariorum genugsam beurkundet[62]. Ganz besonders aber tritt diese Bedeutung der catafractarii weiter in den Kämpfen Constantins des Grossen (306—337 n. Chr.) gegen seine beiden Nebenbuhler Maxentius und Licinius hervor. Ersterer wurde bekanntlich i. J. 312 in drei Schlachten besiegt, von denen die erste bei dem heutigen Turin stattfand und von den Panegyrikern des Kaisers rühmend gefeiert wird. Der eine derselben bezeichnet dabei die gegnerischen Krieger des Kaisers als ehemalige »Römische Soldaten«, ausgerüstet mit allen Waffen der ersten Classe, d. h. mit Helm, Schild, Panzer, Arm- und Beinschienen, alles aus Erz[63]. Dass damit vornehmlich die Cataphractarier des Maxentius gemeint sind, ergibt sich weiter aber auch aus den Worten des andern Lobredners Nazarius, welcher die Bedeutung der Schlacht und namentlich den gefährlichen Kampf mit den vorgenannten gewaltigen Panzerreitern des Maxentius besonders hervorhebt[64]. Nicht minder glorreich scheint auch der Sieg Constantins über die Eisenreiter gewesen zu sein, welche der andere Gegner desselben Licinius in den Kämpfen von 314 oder 324 gegen ihn ins Feld geführt hatte[65].

Vielleicht waren es grade die erwähnten gefährlichen Kämpfe seines Vaters Constantins des Grossen gegen die schwere Reiterei seiner beiden Gegner, welche den Sohn Constantius (337—361 n. Chr.) veranlassten, dieser Waffengattung die grösste Aufmerksamkeit zuzuwenden und ihr die höchste militärische Entwicklung und Ausbildung angedeihen zu lassen. Die bezüglichen Mittheilungen seines Nachfolgers

---

[61]) Vgl. Flav. Vopisc. Aurelian. c. 34 vol. II. p. 158 ed. Jordan und Eyssenhardt: praeferebantur coronae omnium civitatum aureae tituli eminentibus proditae — — iam populus ipse Romanus, iam vexilla collegiorum atque castrorum et cataphractarii milites et opes reginae (Zenobiae) et omnis exercitus et senatus.

[62]) Vgl. Notit. dignit. vol. I. p. 76 und p. 189, 29 ed. Böcking.

[63]) Incert. Paneg. Constantin. Aug. c. V.: tibi vincendi erant milites, proh nefas! paulo ante Romani, armis omnibus, more primae classis, armati. Ueber die Bewaffnung der ersten Servianischen Bürgerklasse sagt Livius I, 43: arma his imperata galea, clypeum, ocreae, lorica, omnia ex aere: haec ut tegumenta corporis essent. Tela in hostem, hastamque et gladium. Offenbar will der Panegyriker hiermit die Cataphractarier bezeichnen, wie man aus Nazarius ersieht; vgl. A. 64. Wenn aber derselbe Panegyriker c. VI. die vorerwähnten zu Maxentius haltenden Soldaten kurzweg des Schlachtortes wegen Subalpinos nennt, so darf man dabei nicht an gallische Alpenvölker denken, wie Spanheim zu Julian. orat. I. p. 246, wenn auch vielleicht Einzelne dem Gegner Constantins aus den Gallo-Römern zugelaufen waren und bei ihm Dienste genommen hatten.

[64]) Nazar. Panegyr. Constantin. Aug. c. XXII.: campum late iacentem tantus miles oppleverat, ut non improbaret fiduciam, qui instructos videret. Quae enim illa fuisse dicitur species? quam atrox visu? quam formidolosa? uperimento ferri equi atque homines pariter obsepti. Clibanariis in exercitu nomen est. Superne omnibus tectis, equorum pectoribus demissa lorica et crurum tenus pendens, sine impedimento gressus, a noxa vulneris vindicabat. — Weiter sodann c. XXIII.: illa armorum ostentatio et operti ferro exercitus, qui imbelles oculos vulnerassent, invictas mentes incitaverunt — — Cataphractos equites, in quibus maximum steterat pugnae robur, ipse tibi sumis. His disciplina pugnandi est, ut, cum aciem arietaverint, servant impressionis tenorem et immunes vulnerum, quidquid oppositum, sine haesitatione perrumpant.

[65]) Ein Anonymus bei Valesius, welchen Spanheim a. a. O. p. 247 citiert, berichtet über diesen Kampf: caesis post dubium certamen Licinianis viginti peditum millibus et equitum ferratorum.

Julian lassen darüber keinen Zweifel. »Von welchem der Kaiser, sagt letzterer[66]), kann man erzählen, dass er eine ähnliche Streitmacht an Reiterei und Ausrüstung an Waffen jemals ausgedacht oder nachgeahmt habe? Du hast zuerst vor allen sie eifrig ausgebildet und die übrigen durch dein Beispiel in einer unbesieglichen Waffengattung unterwiesen. Wiewohl sehr viele darüber zu sprechen unternommen haben, so bleiben sie doch weit hinter einer würdigen Beschreibung zurück und zwar in dem Grade, dass, als sie darüber vorerst von Hörensagen vernommen hatten, in der Folge aber mit eigenen Augen sahen, sie deutlich erkannten, dass man weniger seinen Ohren, als seinen Augen Glauben schenken dürfe. Du hattest nämlich eine fast unermessliche Menge von Reitern, welche wie Bildsäulen auf ihren Pferden sassen.« Dieser allgemeinen Andeutung lässt nun Julian eine besondere Beschreibung der Ausrüstung dieser Reiter folgen, auf die unten (A. 84) zurück zu kommen ist, wie auch auf eine weitere Stelle[67]) aus derselben Rede, welche uns die strategische Verwendung dieser durch Constantius reorganisïerten Reiterei veranschaulicht. Diese völlige Umgestaltung und weitere Ausbildung der durch des Constantius Vorgänger von Severus Alexander bis auf Constantin den Grossen im Römischen Heere verwendeten fremdländischen Reiterei und Waffengattung erklärt zur Genüge, warum Julian in immerhin auffälliger Weise und allerdings nicht ohne einige rhetorische Uebertreibung den Constantius als denjenigen zu bezeichnen wagen konnte, welcher eine ähnliche Streitmacht an solcher Panzerreiterei zuerst ausgedacht und nachgeahmt habe. Es war dieses offenbar darin begründet, dass Constantius zuerst diese schwere Panzerreiterei namhaft vermehrt, sodann besser und vollständiger ausgerüstet, weiter militärisch eifriger eingeübt und endlich auch wohl taktisch vortheilhafter verwendet hatte[68]). Unverkennbar treten die Spuren dieser durchgreifenden Reorganisation des Militärs durch Constantius auch bei dessen triumphalem Einzuge in Rom hervor, dessen imposante Pracht Ammianus Marcellinus nicht schildern kann, ohne zugleich mit unzweideutiger Vorliebe der gewaltigen Waffenausrüstung der im Zuge vertheilten Cataphractarier zu gedenken[69]).

Die bevorzugte und bedeutsame Stellung, welche die Panzerreiterei durch Constantius erhalten hatte, hat sie ohne Zweifel auch unter seinem Nachfolger Flavius Julianus (361—363 n. Chr.) behauptet, wiewohl ihrer nur zweimal in der Geschichte seiner glänzenden Waffenthaten erwähnt wird. Zuvörderst gedenkt ihrer Ammianus Marcellinus bei Beschreibung eines Zuges, welchen Julian (i. J. 356) nach der Stadt Autosidorum in Gallien unternahm und wobei er sich von Cataphractariern und Ballistariern begleiten liess[70]). Sodann hebt derselbe Geschichtschreiber ihre Theilnahme an der blutigen Schlacht bei Strass-

---

[66]) Orat. I. p. 37 ed. Spanheim: vgl. Böcking ad. Notit. II. p. 291 sq., 16.

[67]) Vgl. Julian a. a. O. p. 57 ed. Spanheim.

[68]) Die nahmhafte Vermehrung der Panzerreiterei durch Constantius ergibt sich aus Julian a. a. O. p. 37: ἀπείρων γὰρ εἶχες ἱππέων πλῆθος; ebenso die bessere Ausrüstung aus der detaillierten Schilderung derselben weiterhin, wie auch die eifrigere Einübung aus den Worten: πρῶτος αὐτὸς ἐγγυμνασάμενος διδάσκαλος ἐγένου τοῖς ἄλλοις ὅπλων χρήσεως ἀμάχου; auch die strategisch-taktische Verwendung erhellt aus der zweiten Stelle a. a. O. p. 57, woselbst die Aufstellung des Heeres in der Schlacht gegen Magnentius erörtert wird: vgl. Spanheim a. a. O. p. 247—299.

[69]) Vgl. Ammian. Marcellin. XVI., 10, 8 vol. I. p. 92 ed. Erfurdt: Et incedebat hinc inde ordo geminus armatorum clypeatus atque cristatus, corusco lumine radians, nitidis loricis indutus; sparsique cataphracti equites, quos clibanarios dictitant Persae, thoracum muniti tegminibus et limbis ferreis cincti ett.

[70]) Vgl. Ammian. Marcellin. XVI., 2, 4 und 5: Sed cum subsererent quidam, Silvanum paulo ante magistrum peditum, per compendiosas vias, verum suspectas, quia tenebris multis umbrantur, cum VIII auxiliarium millibus

burg gegen die Alamannen (357) hervor, wobei er sie wiederum auch mit ihrem einheimischen und Soldaten-Namen clibanarii zu bezeichnen nicht unterlässt[71]). Auch unter den nachfolgenden Kaisern scheint die Stellung und Bedeutung der Panzerreiterei in den Römischen Heeren mehr oder weniger dieselbe geblieben zu sein, wie unter Constantius und Julian, wenn auch nur für die Regierungszeit des Honorius (395—423 n. Chr.) darüber das Zeugniss des beredten Dichters Claudianus allein vorliegt[72]). — Zum Abschlusse unserer Zusammenstellung der Zeugnisse zur Geschichte der fremdländischen Panzerreiterei in den Heeren der Römischen Kaiserzeit erübrigt nun noch eine Hinweisung auf die Urkunden und Angaben hinzuzufügen, welche theils in inschriftlichen Denkmälern, theils in der bekannten Notitia dignitatum über unsere cataphractarii vorliegen. Von allen diesen urkundlichen Erwähnungen müssen die bis jetzt besprochenen Inschriften und Zeugnisse über vier verschiedene alae catafractariorum als die ältesten Urkunden über die Existenz dieser fremdländischen Waffengattung in den Heeren der Kaiser Hadrian und Antoninus Pius, Severus Alexander und Maximinus Thrax, endlich Philipps des Arabers und Diocletians vorangestellt worden. Diesen Urkunden schliesst sich zunächst die Ueberlieferung einer vixillatio catafractariorum auf einer oberitalischen Inschrift (Orelli — Henzen 6832 a) an, deren Orthographie, wie die Erwähnung der militärischen Function eines CIRCITOR[73]) etwa auf dieselbe spätere Zeit des 4ten Jahrhunderts hinweiset, welcher die Notitia dignitatum angehört, in der alle übrigen Zeugnisse über den Fortbestand von equites cataphractarii vorliegen. Dahin gehören 1. ein cuneus equitum cataphractariorum zu Arubium an der unteren Donau[74]); 2. Equites cataphractarii Juniores und 3. Equites catafractarii unter einem praefectus, beide Abtheilungen in Britannien[75]). 4. Equites catafractarii unter den vexillationes comitatenses sex des magister militum praesentalis im Oriente[76]). 5. Comites catafractarii Bucellarii Juniores unter dem magister militum per orientem[77]). Dazu kommen endlich noch equites cataphractarii Biturigenses, Ambianenses und Albigenses in drei Städten Galliens (Bourges, Amiens und Alby), deren letztere zudem auch durch ein inschriftliches Zeugniss beglaubigt sind[78]), welches Valesius aus Goltz beibringt[79]).

Dem vorstehenden Abrisse einer Geschichte der schweren Panzerreiterei in den Heeren der Römischen Kaiserzeit ist endlich noch eine kurze Betrachtung sowohl ihrer Ausrüstung und Bewaffnung als

---

aegre transisse, fidentius Caesar (Julianus) audaciam viri fortis imitari magnopere nitebatur. Et ne qua interveniret mora, adhibitis cataphractariis solis et ballistariis, parum ad tuendum rectorem idoneis, percurso eodem itinere Autosidorum pervenit.

[71]) Vgl. Ammian. Marcellin. XVI., 12, 7: Jamque solis radiis rutilantibus tubarumque concinente clangore pedestres copiae lentis incessibus educuntur earumque lateri equestres coniunctae sunt turmae, inter quas cataphactarii erant et sagittarii, formidabile genus armorum; ebendort § 22 nennt Ammianus Marcellinus die cataphractarii auch clibanarii nostri, über welche Stelle bei der Kampfesweise dieser schweren Reiterei zu sprechen sein wird.

[72]) Vgl. Claudian. Rufin. II., 355 ff. Hinc alii saevum cristato vertice nutant
    Et tremulos humeris gaudent vibrare colores,
    Quos operit firmatque chalybs; coniuncta per artem ett.
und Consul. III., Honor. 134; cons. VI. Honor. 569.

[73]) Ueber die Function des CIRCITOR vgl. Stewech ad. Veget. III. 8 p. 310; Orelli 3414; Brambach a. a. O. 1298.

[74]) Vgl. Notit. dignit. I. p. 90 ed. Böcking.

[75]) Vgl. Notit. dignit. II. p. 40 und 113. *

[76]) Vgl. Notit. dignit. I. p. 23.

[77]) Vgl. Notit. dignit. I. p. 26.

[78]) Vgl. Notit. dignit. I. p. 19 u. 187; p. 13 u. 200, 12; p. 31 u. 216, 11.

[79]) Valesius Notitia Galliarum p. 16.

auch ihrer strategisch-militärischen Bedeutung und Verwendung im Kriege anzureihen. Auch hierbei ist wiederum auf ihren fremdländischen Charakter und Ursprung Rücksicht zu nehmen. Die Hauptstelle über die Bewaffnung und Ausrüstung der orientalischen, insbesondere der persisch-parthischen Panzerreiterei findet sich bei Heliodor[30]), welcher also berichtet: »Die Art der vollen Rüstung bei ihnen war folgende: Ein auserlesener und an Körperkraft ausgewählter Mann trägt einen genau anpassenden, aus einem Stücke geschmiedeten Helm, der das Gesicht eines Mannes auf das Genaueste, wie eine Larve, nachbildet. Mit diesem Helme vom Scheitel bis an den Nacken, mit Ausschluss der Augen, überall bedeckt, bewaffnet er die Rechte mit einem Schaft, länger als eine Lanze, die Linke aber hat mit dem Zügel zu thun. Ein gekrümmtes Schwert hängt an seiner Seite, und nicht blos die Brust, sondern auch der ganze übrige Leib ist gepanzert. Die Arbeit an dem Panzer ist von dieser Art: sie schmieden eherne und eiserne Platten, durchaus etwa eine Spanne im Viereck, und fügen eine an die andere mit den Rändern der Seiten aneinander, so dass immer eine obere Platte über einer untern und die zur Seite über der nächsten in der Reihe liegt, und da, wo diese aneinander stossen, nestelen sie die Fügungen zusammen und bilden so ein schuppiges Kleid, das ohne Beschwerde dem Körper anliegt, sich überall an ihn schmiegt, jedes Glied umzeichnet und sich ohne Hinderniss der Bewegung zusammenzieht und ausdehnt; denn es ist mit Aermeln versehen, geht von dem Nacken bis auf das Bein herab und ist nur an den Schenkeln getheilt, wo es nöthig ist, um den Rücken des Pferdes zu besteigen. Von dieser Art ist der Panzer, eine Schutzwehr gegen die Geschosse und gegen jede Verwundung undurchdringlich; die Beinschiene aber geht von der Fusssohle bis an das Kniee hinauf und schliesst sich an den Panzer an. Mit ähnlicher Rüstung umpanzern sie auch das Pferd, indem sie die Füsse mit Schienen umbinden und den Kopf durchaus mit Stirndecken verwahren; von dem Rücken aber bis zu dem Bauche hängen sie eine von Eisen geflochtene Decke an beiden Seiten herab, so dass sie zum Schutze dient und doch bei ihrer Leichtigkeit im Laufe nicht hindert. So gerüstet und gleichsam in die Rüstung hineingesteckt, beschreitet der Reiter das Pferd, nicht selbst hinaufspringend, sondern wegen der Last von andern hinauf gehoben. Wenn es nun zur Schlacht kommt, lässt er dem Pferde den Zügel, gibt ihm die Sporen und stürzt sich mit voller Gewalt gegen die Feinde, dem Ansehen nach ein eiserner Mann oder eine geschmiedete in Bewegung gesetzte Bildsäule. Der Spiessschaft ragt mit der Spitze in grader Richtung weit voraus und ist mit einem Riemen an dem Halse des Pferdes befestigt; der hintere Theil aber ist an den Hüften des Pferdes mit einer Schlinge angehängt, so dass er beim Zusammentreffen nicht nachgibt, sondern mit der Hand des Reiters, die den Stoss nur lenkt, zusammenwirkt. Wenn dann der Reiter sich anstrengt und dem Stosse den gehörigen Nachdruck gibt, so durchdringt er Alles, was ihm vorkommt und spiesst oft wohl zwei Männer mit einem Male an.« An diese eingehende Beschreibung der Ausrüstung der persisch-parthischen Panzerreiter bei Heliodor müssen alle übrigen bezüglichen Mittheilungen bei Xenophon, Plutarch, Sallust, Curtius und Justinus[31]), wie auch bei Suidas, Ammianus Marcellinus[32]) und

---

[30]) Vgl. Hist. Aethiop. IX., 15 übersetzt von Fr. Jacobs, Stuttgart 1837, I. S. 371—373.

[31]) Zu diesem dem Ende des 4. Jahrhunderts n. Chr. angehörigen Berichte des Heliodor über die persisch-parthische Panzerreiterei stellen sich die mehr oder weniger eingehenden Angaben anderer meist früherer Quellen. Schon oben A. 40 und 41 ist bezüglich der Bewaffnung der altpersischen schweren Reiterei auf Xenophon und Curtius verwiesen worden. Ueber die Parther berichtet sodann zuvörderst Justin hist. XLI., 2: et equitare et sagittare magna industria docent — munimentum ipsis equisque loricae plumatae sunt, quae utrumque toto corpore tegunt. Auch

die Sculpturwerke vergleichend angeschlossen werden, um das anschauliche Bild einer Waffengattung zu gewinnen, welche im Oriente zuerst aufgekommen in der Kriegsgeschichte der alten Welt bei den verschiedensten Anlässen bis in die spätesten Zeiten des Römerreiches eine so hervorragende Rolle zu spielen berufen war. Auch die Schilderungen, welche von der Bewaffnung der Panzerreiterei der S a r m a -

Sallust Hist. l. IV. bei Non. Marcell. p. 382 ed. Gerlach und Roth hat, wie auch Lipsius Milit. Rom. III., 6 p. 130 ed. Plant. 1598 annimmt, gleichfalls die Parther im Auge, wenn er erzählt: qui praegrediebantur equites cataphracti ferrea omni specie, womit Lipsius eine oben (A. 42) angedeutete weitere Stelle des Sallust bei Servius in unmittelbare Verbindung bringt: equis paria operimenta erant, quae lintea ferreis laminis in modum plumae annexuerant. Plutarch Crass. c. 25 erzählt, dass die equites cataphracti der Parther in der Schlacht bei Carrhae, wie gewöhnlich, im Vordertreffen standen (denselben Sinn hatte offenbar auch das «praegrediebanter» bei Sallust), weithin glänzend in ihren Helmen und Panzern aus Margianischem Eisen, sowie dass auch ihre Pferde mit ehernen und eisernen Decken bepanzert waren (ebendort c. 24). — Einen ganz besondern Anlass die schwere Panzerreiterei der Parther in der Nähe kennen zu lernen, erhielten die Römer in den Dakischen Feldzügen Traians (101—106 n. Chr.). Besondere Belehrung über dieses Zusammentreffen gewähren die Darstellungen der bezüglichen Kämpfe auf der Traianssäule in Rom, insbesondere die vier Reliefs, welche auf unserer Tafel I nach Wilhelm Fröhners Schrift: La colonne Trajane (Paris 1865, 8) abgebildet sind. Bekanntlich hatte der Partherkönig Pacorus dem Dakerkönige Decebalus eine Abtheilung von Panzerreitern zu Hilfe geschickt, welche ausser ihren kurzen Dolchschwertern noch die nationale Waffe der Parther, Bogen und Pfeile, führten. Das Relief 2 (bei Fröhner n. 22) zeigt daher drei Parthische Reiter, kenntlich an ihrer spitzen Kopfbedeckung, mit Pfeil und Bogen beim Angriffe auf ein Römisches Winterlager in Mösien thätig: einem ist die Kopfbedeckung entfallen, und alle drei erscheinen hier zu Fuss. Am bedeutsamsten aber ist für uns der auf Relief 3 (bei Fröhner n. 27) dargestellte Kampf Römischer und Parthischer Reiterei, welcher sich durch seine anschauliche Lebendigkeit auszeichnet. Die Parthische Reiterei besteht aus equites cataphractarii d. h. Mann und Ross ist mit einem dicht anliegenden Leder- oder Leinenpanzer bekleidet, welcher mit Eisenschuppen (laminis ferreis in modum plumae) bedekt ist; das Gesicht ist jedoch unbedeckt, während sonst auch dieses bei den Cataphraktariern durch eine Eisenmaske verhüllt war, welche nur Oeffnungen für die Augen hatte. Ihre Kopfbedeckung besteht in einer spitzzulaufenden ledernen Haube mit Metallreifen umlegt und mit Backenbändern versehen. Die Scene selbst zeigt die Parther auf der Flucht von der Römischen Reiterei verfolgt. Schon ist einer der Parther gefallen; ein Anführer derselben, tödtlich verwundet, gleitet von dem Rosse herab: ein anschaulicher Commentar zu Horat. Sat. II, 1, 15: aut labentis equo describat volnera Parthi; der Ueberrest der Schaar ergreift die Flucht: ein einzelner Reiter kehrt sich auf dem davoneilenden Rosse rückwärts, um einen Pfeil auf den Römer abzuschiessen, der ihn verfolgt, wiederum eine nicht minder anschauliche Erklärung zu desselben Römischen Dichters Worten Carm. I, 19, 12 : versis animosum equis Parthum, während die ganze Scene selbst an Carm. II, 13, 18: perhorrescit miles sagittas et celerem fugam Parthi auf das lebhafteste erinnert. Ein drittes Relief (bei Fröhner n. 53) zeigt dieselben Parthischen Eisenreiter gleichfalls zu Fuss, wie es scheint, zur Seite oder hinter den Römern im Kampfe gegen die Daker am Saume eines Waldes. Entmuthigt durch die anhaltenden Misserfolge der letztern waren die Parther zu den Römern übergegangen. An ihrer Seite erscheinen weiter noch Schleuderer (funditores), wahrscheinlich von den Balearischen Inseln; sie halten die Schleuderkugeln in dem Faltenbausche ihrer Tunika, während die Rechte mit der Schleuder zum Wurfe ausholt. Ebenso unverkennbar erscheinen dieselben Parthischen reitenden Bogenschützen mit Panzern auf dem Relief 1 (bei Fröhner n. 93), jedoch auch hier wieder zu Fuss, gleichfalls im Rücken der angreifenden Römer, lebhaft am Kampfe betheiligt: ihre konische Kopfbedeckung hat noch einen eigenen Nackenschützer als besondere Zuthat. Am meisten Interesse bietet von allen diesen Kampfscenen das dritte Relief dar, da es ein anschauliches Bild von der Bewaffnung und Kampfesart der Parthischen Panzerreiter gibt und auf den drei übrigen Reliefs doch vielleicht nur bepanzerte Bogenschützen zu Fuss dargestellt werden sollen.

[*] Vgl. Suidas s. v. Θώραξ I., 2 p. 1200 ed. Bernhardy, woselbst die Bepanzerung des Persischen Reiters folgendermassen beschrieben wird: der vordere Theil derselben bedeckt Brust, Schenkel, die Hände und Beine, der hintere Theil den Rücken, Nacken und ganzen Kopf. Nestelungen sind auf beiden Seiten, um beides zu verbinden, und lassen somit den ganzen Mann als eisern erscheinen. Es hindert und hemmt aber das Eisen in nichts die Ausdehnung oder Zusammenziehung der Glieder, so künstlich ist es nach der Natur der Gliedmassen gebildet. Sie bewaffnen in ähnlicher Weise auch das Pferd und zwar vollständig bis auf die Hufe und dieses grade deswegen, weil ihnen ihre eigenthümlichen Waffen nichts nützen, falls das Pferd getödtet wird. In gleicher Weise schildert auch Ammianus Marcellinus die neupersischen Cataphractarier bei Erzählung der Kämpfe des Kaisers Julian i. J. 363: zuerst lib. XXIV, 4, 15: iamque clangore Martio sonantibus tubis strepebant utrimque partes et primum Romani hostem undique laminis ferreis in modum tenuis plumae consaeptum fidentemque, quod tela rigentis ferri lapsibus impacta resiliebant, crebris

tischen[83]) Völker, wie endlich der Römischen Heere der späten Kaiserzeit[84]) überliefert sind, lassen, wie nicht anders zu erwarten, das orientalische Vorbild selbst in seinen einzelnen Zügen allseitig wieder erkennen. Es kann daher nicht auffällig erscheinen, dass demnach die strategische Verwendung der Panzerreiterei im Occidente dieselbe verblieb, wie im Oriente: es wurden nämlich die Cata-

procurationibus et minaci murmure lacessebant; weiter sodann XXIV, 6, 8: contra haec Persae objecerunt instructas cataphractorum turmas sic confertas, ut laminis coaptati corporum flexus splendore praestringerent occursantes obtutus, operimentis scorteis equorum multitudine omni defensa, endlich XXV, 1, 12: erant autem omnes catervae ferratae, ita per singula membra densis laminis tectae, ut iuncturae rigentes compagibus artuum convenirent humanorumque vultuum simulacra ita capitibus diligenter apta, ut imbracteatis corporibus solidis, ibi tantum incidentia tela possint haerere, qua per cavernas minutas et orbibus oculorum adfixas parcius visitur vel per supremitates narium angusti spiritus emittuntur: quorum pars contis dimicatura stabat immobilis, ut retinaculis aereis fixam existimares. Dass auch Propertius den Parthischen cataphractus als einen eisernen Mann bezeichnet, ist bereits oben (A. 37) bemerkt worden.

[83]) Der Sarmatischen Panzerreiterei wird bei zwei Gelegenheiten in weit von einander entfernt liegenden Zeiten gedacht: zuvörderst berichtet Tacitus Hist. I., 79 von einem Einfalle der sarmatischen Rhoxolanen in Mösien unter der kurzen Regierung des Otho i. J. 69 n. Chr.: namque mirum dictu, ut sit omnis Sarmatarum virtus velut extra ipsos, nihil ad pedestrem pugnam tam ignavum: ubi per turmas advenere, vix ulla acies obstiterit: sed tum humido die et soluto gelu neque conti neque gladii quos praelongos utraque manu regunt, usui, lapsantibus equis et cataphractarum pondere: id principibus et nobilissimo cuique tegimen, ferreis laminis aut praeduro corio consertum et adversus ictus impenetrabile, ita impetu hostium provolutis in habile ad resurgendum: Sodann erzählt auch Ammianus Marcellinus XXIII. 12, 1 von einem gleichen Einfalle der Sarmaten und Quaden in Pannonien und Mösien aus dem Jahre 358 unter der Regierung des Kaisers Constantius und schildert ihre Bewaffnung also: quibus ad latrocinia magis quam aperto habilibus Marti, hastae sunt longiores et loricae ex cornibus rasis et levigatis, plumarum specie linteis indumentis innexae. Der Anfertigung von Panzern aus Horn gedenkt auch die oben (A. 36) erwähnte handschriftliche Randglosse zu Nonius Marcellus, offenbar mit Rücksicht auf Sarmatische Panzer: ausdrücklich bezeugt aber Pausanias II. 1, 21. 7—9 die Bereitung des dazu erforderlichen Hornes aus Pferdehufen (vgl. Lipsius a. a. O. p. 131) und beschreibt deren Verarbeitung zu schuppenartigen Plättchen, welche mittels Pferde- oder Ochsensehnen aneinander genestelt wurden. Valerius Flaccus Argonaut. VI, 233 ff. erwähnt dazu weiter aber auch noch den Kettenpanzer mit den Worten: riget his molli lorica catena, Id quoque tegmen equis. Die Metallpanzer der Sarmaten waren demnach theils Schuppenpanzer (mit laminae ferreae) oder Ketten- und Ringpanzer (mit catenae tenues: Stat. Theb. XII; 775), circuli tenues: Ammian. Marcellin. XVI, 10), endlich Horn- und Lederpanzer. Da auch Theophrastus (vgl. Interprett. zu Ammian. Marcellin. a. a. O. vol. II, p. 286 ed Erfurdt) ausdrücklich erwähnt, dass die Sarmaten das Fell des Rennthiers zur Panzerhemden verarbeiteten, Vegetius IV, 9 überhaupt auch cornua vel cruda coria ad cataphractas texendas (vgl. Miscell. Observat. IX, p. 223) aufführt, so ist der von Lipsius a. a. O. p. 131 zu Tacitus a. a. O. geäusserten Anzweifelung der Worte praeduro corio, wofür vielleicht praeduro cornu zu setzen sei, jede Grundlage entzogen. Auch Arrianus Tactic. IV, p. 266 ed. C. Müller unterscheidet zwischen unbepanzerter und bepanzerter Reiterei; der zweiten weiset er Bepanzerung von Ross und Mann zu und zwar letzteren Schuppen- oder Leinen- oder Hornpanzer nebst Beinschienen; den Pferden aber Seitenschützer und Stirnplatten; vgl. Böcking zur Notit. dignit. I. p. 187 § 16 u. Suidas. s. v. ἱππική, I, 2 p. 1054 sq. ed. Bernhardy.

[84]) Für die spätere Kaiserzeit sind bezüglich der Ausrüstung der Panzerreiter im Römischen Heere selbst die bereits oben (A. 64) ihrem Wortlaute nach angeführten Stellen des Panegyrikers Nazarius, von allem aber die gleichfalls schon A. 67 angedeuteten Mittheilungen aus den Reden Julians über seines Vorgängers Constantius Verdienste um die Organisation und Ausbildung des Militärwesens von besonderer Bedeutung. Während die zuerst aufgeführte Stelle des Nazarius die Eisenbepanzerung von Mann und Ross nur im Allgemeinen, jedoch mit besonderer Beziehung auf letzteres, zugleich aber auch die durch dieselbe nicht behinderte Freiheit in der Bewegung der Glieder hervorhebt, giebt Julian nachstehende detaillierte Beschreibung der Ausrüstung der Panzerreiter im Heere des Constantius. Zuvörderst heisst es orat. I, p. 37 ed. Spanheim: Du (Constantius) hattest nämlich eine fast unermessliche Menge von Reitern, welche wie Bildsäulen auf den Pferden sassen. Diese hatten Waffenstücke, dem menschlichen Leibe angepasst, von der Handwurzel bis zum Ellenbogen und zu den Schultern dicht angeschlossen: Brust und Rücken bedeckte ein Schuppenpanzer (mit laminae ferreae) oder ein Helm, dem Antlitze sich anschliessend; das Ganze bot das Schauspiel einer glänzenden und schillernden Bildsäule dar, da weder Beine noch Schenkel, noch die Fussspitzen von dieser Rüstung entblösst blieben. Da diese Theile gleichsam durch Nestelungen mittels dünner Ringchen mit dem Panzer selbst zu

phractarier wesentlich im Vordertreffen d. h. in der ersten Schlachtlinie aufgestellt und verwendet. Die oben (A 81) angeführten Stellen des Sallust und Plutarch, wie auch Vegetius und Julian bezeugen dieses gleicher Weise für die persisch-parthischen, wie für die Heere der Römischen Kaiserzeit[85]). Offenbar lag dabei die Absicht vor, einestheils dem Feinde eine unbewegliche, unerschütterliche Eisenmauer entgegenzustellen, an welcher jeder Angriff machtlos abprallen musste, anderentheils aber sodann mit einer durch die gewaltigen Speere nachdrücklichst unterstützten Wucht der Offensive, die feindliche Schlachtordnung zu erschüttern, in dieser Ueberwältigung nachhaltigst anszuharren, und, selbst durch die Verpanzerung gegen Wunden geschützt, was immer sich entgegenzustellen wagte, ohne Zaudern und Anhalt zu durchbrechen und niederzureiten, wie Nazarius[86]) insbesondere anschaulich schildert. Die schwere Bepanzerung war hierbei nur dann von Werth und Wirkung, wenn das Ross unverletzt blieb und den zu Fuss schwerfälligen und an sich ungelenkigen Reiter vorwärts trug; daher war auch, wie Suidas[87]) aus-

sammenhängen, so lassen sie keinen Theil des Körpers unbedekt sehen; denn die Hände selbst werden durch solche Gewebe überkleidet, welche sich den Biegungen der Finger anschliessen. Weiter heisst es sodann orat. II. p. 57 ed. Spanheim: Dann nachdem er in die Ebene und die Felder der Pannonier gekommen war und dort eine Schlacht zu schlagen beschlossen hatte, da stellte der Kaiser die Reiter passend besonders auf nach Waffengattungen auf: einige trugen Lanzen und waren geschützt durch anschmiegende Panzer und eiserne Helme, hatten Schienen bis zu den Knöcheln sich anschliessend, auch Knieeschützer und eiserne Decken an den Schenkeln selbst, so dass sie, gewissermassen wie Bildsäulen aufs Pferd gesetzt, keines Schildes zu bedürfen schienen. Zu beiden Stellen Julians ist weiter die bereits oben (A. 69) angedeutete Schilderung Ammians XVI, 10, 8 zu vergleichen, welcher von dem Einzuge des Const..ntius in Rom berichtet: sp..rsique cataphracti equites, quos clibanarios dictitant Persae, thoracum muniti tegminibus et limbis ferreis cincti, ut Praxitelis manu polita crederes simulacra, non viros, quos laminarum circuli tenues apti corporis flexibus ambiebant, per omnia membra deducti; ut quocumque artus necessitas commovisset, vestitus congrueret iunctura cohaerenter aptata: vgl. Böcking zu Notit. dignit. II. p. 291, sq. § 16. — Recht charakteristisch für diese weitgefürchteten Panzerreiter ist ihre Vergleichung mit Bildsäulen. Wie Heliodor a. a. O. ihnen das Aussehen von eisernen Männern oder geschmiedeten in Bewegung gesetzten Bildsäulen zuschreibt, so bezeichnet sie Julian an erster Stelle, καϑάπερ ἀνδριάντας ὀχουμένους und wiederum ὥσπερ ἀνδριάντες ἐπὶ τῶν ἵππων φερόμενοι, wie auch Ammianus Marcellinus in der vorerwähnten Stelle vergleichsweise: et Praxitelis manu polita crederes simulacra, welchen letztern Ausdruck auch Claudian in Rufin. II., (credas simulacra moveri ferrea cognatoque viros spirare metallo) und VI. Consul. Honor. 573 (simulacraque belli viva dedit) gebraucht; vgl. Spanheim zu Julian. orat. I. p. 248; auch lib. XXV. 1, 12 deutet Ammianus Marcellinus die unbewegliche, bildsäulenartige Haltung der Panzerreiter mit den Worten an: quorum pars contis dimicatura stabat immobilis, ut retinaculis aereis fixum existim..res. Was schliesslich die einzelnen Ausrüstungsstücke der ganzen Panzerarmatur betrifft, so hat Spanheim zu Julian. orat. I. p. 248; 250—251 über den Helm; p. 248—250; 252—253 über den Brust- und Rückenpanzer; p. 248; 251—252 über das Schienenwerk für Arme und Hände, wie für Beine und Füsse die Hauptzeugnisse zusammengestellt. Bei der Bedeutung, welche diese Waffengattung, wie überhaupt die Bepanzerung auch für Bogenschützen und in anderweitiger Verwendung besonders in den letzten Perioden der Römischen Kaiserzeit gewonnen hatte, erklärt es sich hinlänglich, dass eigene Kaiserliche Fabriken zur Anfertigung der betreffenden Armatur in der Notitia dignitatum orientis c. X. vol. I. p. 38 ed. Böcking aufgeführt werden. Sie führen in charakteristischer Hinweisung auf den Ursprung der ganzen Waffengattung bei den Persern (vgl. A. 35) den Namen »fabricae clibanarine« und befanden sich in den asiatischen Städten Antiochia, Nicomedia und dem Cappadokischen Caesarea.

[85]) Vegetius Milit. II., 23 sagt: Cataphracti equites . . . in certamine meliores aut ante legiones positi aut cum legionariis mixti; Julian orat. I. p. 57 ed. Spanheim erwähnt bei der Anordnung der Schlacht gegen Magnentius durch Kaiser Const..ntius, dass letzerer die Reiter besonders passend und nach Art ihrer Waffen aufgestellt habe; dabei werden die Panzerreiter an erster Stelle genannt.

[86]) Die hierher gehörige Stelle des Nazarius am Schlusse des c. 23 ist bereits oben A. 64 mitgetheilt worden; auch Vegetius sagt a. a. O. quando comminus (hoc est manu ad manum) pugnatur, acies hostes saepe rumpunt; in gleicher Weise deuten die Schlussworte in der oben ausführlich mitgetheilten Stelle des Heliodor auf die Absicht mittelst der schweren Reiterei beim ersten Angriffe schon die Schlachtreihe der Feinde zu durchbrechen.

[87]) Vgl. den Schluss der Stelle des Suidas in A. 82.

drücklich hervorhebt, die Bepanzerung des Pferdes unerlässlich; war das letztere getödtet, so half die eigenthümliche Bewaffnung und Ausrüstung nicht allein nichts mehr, sondern der Reiter war leicht dem sichern Untergange preisgegeben. Es musste daher die Taktik der Gegner darauf ausgehen, zuerst und vor Allem das Pferd zum Falle zu bringen, wonach dann der Sturz des einen den vieler andern nach sich zog. Dieses geschah insbesondere von Seiten der Römer, als sie zuerst mit den Panzerreitern des Orientes zusammentrafen, auf verschiedene Art. Einestheils suchte man durch vorgelegte und hinausgeschleuderte Geräthe mit Eisenspitzen und Wurfgeschossen die Pferde zum Falle zu bringen[88]), oder ihnen durch heran-kriechen von unten den Bauch aufzuschlitzen[89]). Der schwergerüstete Reiter, welcher nach Heliodor a. a. O. so unbeweglich war, dass er in der Regel aufs Pferd gehoben werden musste, einmal gestürzt, ver-mochte allein nicht wieder aufzustehen, wälzte sich mit dem Gegner ringend auf dem Boden herum oder wurde, wie Vegetius[90]) sagt, leicht gefangen: öfter auch von den ihm mehr als die Reiter gefährlichen Fussoldaten, umklammert, vom Pferde gerissen, ohne sich bei der Schwere seiner Waffen und der Unbehilf-lichkeit seiner Person viel bewegen und wehren zu können: dennoch blieb diese schwere Reiterei trotz der unverkennbaren, in ihrer schweren Bewaffnung und Unbeweglichkeit liegenden Mängel ein furchtbarer Feind, wie die blutigen Vorgänge in der mehrerwähnten unheilvollen Partherschlacht bei Carrhae genug-sam bezeugen[91]).

---

[88]) Vgl. v. Wietersheim Geschichte der Völkerwanderung II S. 221 A. 167.

[89]) Plutarch Crass. c. 28 berichtet dieses ausdrücklich aus der Schlacht bei Carrhae, in welcher der Sohn des Oberfeldherrn, der junge P. Crassus, seine obwohl leicht bewaffneten Gallischen Reiter zum Kampfe gegen die Parthischen Panzerreiter anfeuerte: letztere wurden öfter umklammert, vom Pferde gerissen, da sie wegen der Schwere ihrer Waffenrüstung unbeweglich waren; öfter krochen die Römer den Pferden der Gegner unter den Bauch, schlitzten ihn auf, und Reiter und Feinde rangen dann auf dem Boden liegend miteinander, bis sie starben: aber Hitze und Durst zwangen zuletzt die Gallier den Kampf aufzugeben und sich auf ihr Fussvolk zurückzuziehen.

[90]) Auch Vegetius bezeugt a. a. O. die von Plutarch a. a. O. hervorgehobene Unbehilflichkeit der Panzerreiter in Folge ihrer schweren Ausrüstung: cataphracti equites (sagt er) propter munimina, quae gerunt, a vulneribus quidem tuti, sed propter impedimentum et pondus armorum capi facile est, quoniam frequenter obnixi (andere lesen obnoxii) contra dispersos pedites, quam contra equites. Solange der Mann zu Pferde sass, war er im Vortheile; zu Fuss zu kämpfen hinderte ihn die Schwere seiner Ausrüstung und seiner Waffen.

[91]) Vgl. den Bericht Plutarchs a. a. O. u. A. 89.

ANHANG.

Zur Geschichte

der Bogenschützencorps in den Heeren der Römischen Kaiserzeit.

Wie bereits oben angedeutet wurde, haben die Römischen Heere ausser der vorerwähnten schweren Panzerreiterei noch andere fremdländische Waffengattungen in sich aufgenommen, unter welchen die Schleuderer[1] und Bogenschützen schon in den frühesten Perioden der Ausbildung des Römischen Heerwesens erwähnt werden. Zu besonderer Bedeutung gelangten von diesen beiden hinwieder die mit den Schützen und Jägern der modernen Heere vergleichbaren [Bogenschützen, sagittarii. Wie die schwere Reiterei, so hat auch das Bogenschützenwesen seinen Ursprung und Ausgang vom Osten d. h. vornehmlich vom Oriente her genommen und sich ohne Zweifel schon in den ältesten Zeiten nach dem Occidente hin verbreitet, um endschliesslich in den Heeren des Römischen Volkes eine so bedeutsame Stellung einzunehmen, dass die Bogenschützen insbesondere in der Römischen Kaiserzeit neben der Panzerreiterei[2] mit derselben Geltung genannt zu werden pflegen, wie vorher neben den Schleuderern[3]). Im

---

[1] Zu den leicht Bewaffneten (levis armatura), deren Aufgabe es war, in zerstreuten Haufen den Feind zu umschwärmen und zu beunruhigen, gehörten im Römischen Heere nach Vegetius II, 2 die ferentarii, balistarii, sagittarii und funditores (Schleuderer): ausser den beiden letzten nennt Caesar bell. gall. II, 10 noch die Numidae, welche wahrscheinlich als Speerschützen theils zu Fuss, theils zu Pferd (bell. Afric. c. 19) dienten. Die Schleuderer, funditores, in cohortes (Caes. bell. civ. III, 4) vereinigt, stammten zumeist von den Balearischen Inseln (Caes. bell. gall. II, 7) und ihre Functionen werden von Vegetius II, 15 u. III, 14 beschrieben, auch durch die oben A. 81 erörterte Kampfscene von der Traianssäule (vgl. Taf. I, 4) lebhaft veranschaulicht: vgl. Notit. dignit. or. VI, 1 vol. I. p. 28 u. p. 213, 36 ed. Böcking; ihre Wurfgeschosse waren von Thon, Stein oder Blei (lapides missiles, glandes): vgl. W. Vischer Antike Schleudergeschosse, Basel 1866, S. 1 ff. — Ueber Schleuderer bei den Parthern vgl. Barnab. Brisson, de regio Persarum principatu libri III, Heidelberg 1595, 8 p. 297.

[2] Panzerreiter u. Bogenschützen werden in den A. 59, 60, 66, 71, angeführten Stellen des Treb. Claud. 16; Eutrop. Brev. VI, 9; Ammian. Marcellin. XVI, 12, 7; Herodian hist. VII, 2, 2—6; 7, 17—19; Julian. orat. I, p. 57 ed. Spanheim neben einander genannt; jebenso Panzerreiter und reitende Bogenschützen als Hauptwaffengattungen im Heere des Antiochus von Syrien bei Livius XXXV, 48.

[3] Schleuderer und Bogenschützen finden sich nebeneinander bei Caesar bell. gall. II, 7; 10; 19; VIII, 40; bell. civ. I, 83; III, 4; 45; 93; Hirt. bell. Afric. c. 19; Frontin. Strat IV, 7; Ammian. Marcellin. XXV, 1, 12—13.

Oriente waren es zuvörderst die persisch-parthischen [4]), sodann die pontischen und vorderasiatischen, vornehmlich aber syrischen[5]) Völkerschaften, in Afrika die numidischen und arabischen Nomaden, in Europa die skythisch-sarmatischen und thrakischen [6]) Stämme, unter den Hellenen insbesondere die Creter[7]); bei welchen sich meistentheils das Bogenschützenwesen in der Weise entwickelte, dass so wohl Fussgänger als Reiter mit Bogen und Pfeilen bewaffnet erscheinen, und dass somit Bogenschützen zu Fuss und zu Pferd im Kriege verwendet wurden: beide Arten derselben Waffengattung wurden endlich noch weiter nach dem Occidente verpflanzt, dabei wie schon bemerkt, in das Römische Heerwesen aufgenommen und unter den nicht römischen Völkern des Westens zumeist wohl und am frühesten von den Galliern[8]) adoptiert. Von Galliern und Römern ging das Bogenschützenwesen zuletzt auf die Germanen über, bei welchen es uranfänglich vielleicht ganz unbekannt[9]) war, bald aber mit der ganzen Fertigkeit in der Handhabung und der vollen Wirkung einer

---

[4]) Die Hauptstellen über das Bogenschützenwesen und seine Bedeutung bei den persisch-parthischen Völkern zeigen, dass alle Krieger in der Regel auch Bogenschützen zu Fuss oder zu Pferd und meistens gepanzert waren: vgl. Eutrop. Brev. VI, 9; Cass. Dio. XL, 15; Ammian. Marcellin. XXV, 1; Procop. bell. Pers. I, 2; vgl. Brisson. a. a. O. p. 295 sq.; Herodot. IX, 19; S. Ambros. Hexaemer. VI, 5; Justin. XLI, 2; vgl. Brisson p. 201 sqq. Noch Herodian I, c. 15, 3 erwähnt, dass Kaiser Commodus die auserlesensten Parthischen sagittarii und Numidische jaculatores (Speerschützen) um sich hatte: vgl. Notit. dignit. II, p. 271, 1; ebenso hatten Severus Alexander und Maximinus Thrax Parthische Bogenschützen aus dem Oriente mitgebracht, insbesondere auch aus Armenien und Osrhoëne nach Herodian VII, 2, 2—6; 7, 17—19; Capitolin. Maxim. duo. c. 11; equites sagittarii indigenae werden auch viermal aus Osrhoëne erwähnt in der Notit. dignit. or. XXXIII, 1 vol. I. p. 90 ed. Böcking; vielleicht waren auch des Constantius ἱπποτοξόται bei Julian. orat. I, p. 57 ed. Spanheim Parthischer Herkunft; auch zu den comites sagittarii iuniores der Notit. dignit. or. IV, 1 vol. I. p. 19 verweiset Böcking p. 186, 8 auf Ammian. Marcellin. XVIII, 9, 4: comitum sagittariorum pars .... equestres videlicet turmae ita cognominatae, ubi merent omnes ingenui barbari, armorum viriumque fortitudine inter alios eminentes; dass darunter auch Parther gewesen, wird durch die anderweitige Erwähnung von equites sagittarii Parthi seniores und iuniores in der Notit. dignit. occid. VI, vol. II, p. 28* und 39* wahrscheinlich.

[5]) Vgl. Caes. bell. civ. III, 4: sagittarios ex Creta, Lacedaemone, ex Ponto atque Syria reliquisque civitatibus III milia numero habebat (Pompeius): aus derselben Stelle ersieht man, dass Pompejus unter seinen 7000 Reitern auch 200 ex Syria hatte, meist reitende Bogenschützen; ebendort c. 20: sagittariisque ex omnibus navibus Ityreis, Syris et cuiusque generis ductis in castra compluribus. Arrianos κατ' 'Αλανῶν p. 104 ed Blancard: ἐννάτῃ ἐπὶ τούτοις ἔστω τάξις οἱ πεζοὶ τοξόται οἱ τῶν Νομάδων καὶ Κυρηναίων καὶ Βοσπορианῶν τε καὶ 'Ιτουραίων. Livius XXXVII, 40 (vgl. XXXV, 48) erwähnt auch Dahae und Elymaei als Bogenschützen zu Pferd und zu Fuss im Heere des Antiochus von Syrien.

[6]) Ueber die Thraker s. die weiterhin besprochenen inschriftlichen Denkmäler.

[7]) Vgl. Caes. bell. gall. II, 7: Cretas sagittarios; bell. civ. III, 4; sagittarios ex Creta; die Verwendung der Cretischen Bogenschützen in der früheren Kaiserzeit bezeugt die Grabschrift des seiner Abstammung nach als CRETICVS bezeichneten Bogenschützen Hyperanor Taf. II, 1; auch der Brief des Kaisers Decius bei Trebell. Poll. im Leben des Claudius 16 erwähnt sagittarii Cretici: ebenso befanden sich in dem Heere des Königs Antiochus von Syrien sagittarii Cretenses nach Liv. XXXVII, 40.

[8]) Ueber die Bogenschützen bei den Gallier berichtet Caesar bell. gall. VII, 31: Vercingetorix sagittarios omnes, quorum erat permagnus numerus in Gallia, conquiri et ad se mitti iubet: vgl. Strabo IV, 4 u. Lindenschmit a. u. a. O. S. 26 f.

[9]) Ueber den Gebrauch von Bogen und Pfeilen bei den Germanen vgl. L. Lindenschmit die vaterländischen Alterthümer der Fürstlich-Hohenzoller'schen Sammlungen S. 26—30; Schaafhausen in Bonn. Jahrb. XLIV und XLV S. 93 f. Bemerkenswerth bleibt, dass, wie auch Lindenschmit anmerkt, bei den weit entlegener Finnen Bogen und Pfeile Hauptwaffen waren nach Tacit. Germ. 46: Fennis sola in sagittis spes, quas, inopia ferri, ossibus asperant.

einheimisch-nationalen Waffe hinwieder im Kampfe gegen die Römer verwerthet[10]) wurde, die es selbst zuvor mit so nahmhaf em Erfolge gegen sie erprobt hatten.[11])

Was nun insbesondere die Einführung des Bogenschützenwesens in die Römischen Heere betrifft, so muss die strategisch-taktische Bedeutung dieser Waffengattung frühzeitig von den Römern erkannt und sofort auch verwerthet worden sein. Schon der grosse Scipio Aemilianus vertheilte bei der Belagerung von Numantia (133 v. Chr.) grösseren Erfolges halber unter die einzelnen Centurien seines Heeres Bogenschützen und Schleuderer[12]), und sein Zeitgenosse der alte Cato wies, dem Zeugnisse des Vegetius zufolge[13]), evident nach, wie erspriesslich die Dienste guter Bogenschützen im Kampfe seien. Weit bedeutsamer tritt die Verwendung derselben Waffengattung in den Kriegen des grossen Caesar hervor. Er gedenkt ihrer in seinen Commentarien des Gallischen Krieges bei verschiedenen Anlässen[14]), nachdem er bei der ersten Erwähnung derselben bemerkt hatte[15]), dass seine Bogenschützen Creter gewesen seien. Von gleicher Herkunft waren ohne Zweifel auch die von ihm im Bürgerkriege[16]) gegen Pompeius verwendeten Bogenschützen, während die dreitausend sagittarii in dem Heere des letzteren gleichfalls theilweise aus Creta, aber auch aus Lacedaemon, dem Pontus und Syrien, demnach also aus Asien selbst zusammengebracht waren.[17]) Dass aber das zuletzt erwähnte vorderasiatische Land an streitbaren, Bogen und Pfeile führenden Völkerschaften besonders reich war, erhellt auch aus einer Notiz im bellum Africae des Hirtius.[18]) Bei allen diesen vorerwähnten Gelegenheiten werden unter sagittarii nur Bogenschützen zu Fuss verstanden: schon bald aber gab der Bürgerkrieg zwischen Caesar und Pompeius Veranlassung auch diejenigen, welche zu Pferd dienten, in die Römische Heeresordnung einzubürgern, welcher sie bis dahin noch fremd geblieben waren. Pompeius und seine Partei waren es, die diese Gattung reitender Bogenschützen zuerst, wie es scheint, in ihr Heer aufnahmen: auch die griechische Bezeichnung derselben hippotoxotae, welche Caesar[19]) und Hirtius[20]) bei diesem Anlasse nach beibehalten, deutet gleichfalls auf diese Neuerung hin: bei Tacitus[21]) findet sich dafür zuerst, so viel uns be-

---

[10]) Vgl. Lindenschmit a. a. O.; Schaafhausen a. a. O. S. 94; Vegetius I, 20: detectis pectoribus et capitibus congressi (Romani) contra Gothos, milites nostri multitudine sagittarum saepe deleti sunt.

[11]) Vgl. Herodian. hist. VII, 2, 2—6; 7, 17—19; Capitolin. Maxim. duo c. 11; Tacit. Ann. II, 16.

[12]) Vgl. Frontin. Strategm. IV, 7: Scipio Aemilianus ad Numantiam omnibus non cohortibus tantum, sed centuriis sagittarios et funditores interposuit and Veget. I, 15: Africanus quidem Scipio cum adversum Numantinos — esset acie certaturus, aliter se superiorem futurum non credidit. nisi in omnibus centuriis lectos sagittarios miscuisset.

[13]) Vgl. R. M. I, 15.

[14]) Vgl. bell. gall. II, 10; 19; VIII, 40.

[15]) Vgl. bell. gall. II, 7.

[16]) Vgl. bell. civ. I, 83.

[17]) Vgl. bell. civ. III, 4 u. A. 5.

[18]) Vgl. bell. Afric. c. 20.

[19]) Vgl. bell. c. v. III, 4: Pompeius hatte 7000 Reiter, darunter: CC ex Syria a Commageno Antiocho — missi, in his plerique hippotoxotae.

[20]) Vgl. bell. Afric. c. 29: hac spe atque audacia inflammatus Labienus cum equitibus Gallia Germaniaque MDC, Numidarum sine frenis VII milibus, praeterea Petreiano auxilio adhibito — equitibus MDC, peditum ac levis armaturae quartam tanto, sagittariis ac funditoribus hippotoxotisque compluribus ett.

[21]) Vgl. Ann. II, 16: noster exercitus sic incessit: auxiliares Galli Germanique in fronte, post quos pedites sagittarii: dein quattuor legiones et cum duabus praetoriis cohortibus ac delecto equite Caesar: exin totidem aliae legiones et levis armatura cum equite sagittario ceteraeque sociorum cohortes; auch Curtius V, 4, 14 bezeichnet die reitenden Bogenschützen der Perser und Livius XXXVII, 40 die Dahae im Heere des Antiochus von Syrien als equites sagittarii.

kannt, die lateinische Bezeichnung **equites sagittarii** im Gegensatze zu den daneben genannten pedites sagittarii. Beide Arten von Bogenschützen lassen sich von nun an als Bestandtheile der Heere der Römischen Kaiserzeit in den Zeugnissen der Schriftsteller, auf Sculpturwerken und in inschriftlichen Denkmälern unter den Kaisern Augustus, Claudius, den Flaviern, insbesondere Titus, Traian, Hadrian, Antoninus Pius, M. Aurelius und L. Verus, Commodus, Severus Alexander, Maximinus Thrax, Decius, Constantius, Julianus und dessen Nachfolgern bis in die Zeiten Justinians nachweisen. [22]) Von ganz besonderer Bedeutung sind unter diesen Zeugnissen die **inschriftlichen Urkunden** und die bezüglichen Angaben der bekannten Notitia dignitatum.

---

[22]) Für die Zeit des Augustus vgl. A. 21; für die des Claudius, der Flavier, des Traian, Hadrian, M. Aurelius sind die inschriftlichen Denkmäler der Bogenschützencorps beredte Zeugnisse; für die Zeit des Antoninus Pius spricht ebenso beredt die Abbildung zweier Bogenschützen auf seiner Säule: der eine ist ein Bogenschütze zu Fuss, weniger wohl ein Germane, wie Rich meint, als vielmehr ein Vorderasiate (Syrier); der andere ist ein reitender Bogenschütze, im Abschiessen begriffen, nach der ganzen Haltung, Bekleidung und Bewaffnung von Mann und Ross ein Römer; vgl. A. Rich Wörterbuch der Röm. Alterthümer übersetzt von Dr. C. Müller S. 531 und S. 313: für Commodus, Severus Alexander, Maximinus, Decius, Constantius vgl. A. 4; für Julian vgl. Ammian. Marcellin. XVI, 12 7. Für die Zeit des Justinian ist von ganz besonderem Interesse eine Schilderung der Bogenschützen dieser Periode bei Procopius bell. Pers. I, 2 p. 12 ed. Bonnens: «Heute an Tage (sagt er) schreiten die Bogenschützen zum Kampfe bepanzert, und mit Beinschienen bis ans Knie hinauf geschützt: an der rechten Seite führen sie die Pfeile, an der linken das Schwert; einige haben auch einen Lanzenschaft anhängen und ein Schildchen ohne Griff an den Schultern, um Gesicht und Hals zu decken. Sie reiten gut und senden, das Pferd mag noch so schnell laufen, schussfertig ihre Pfeile nach beiden Seiten und treffen den verfolgenden Feind ebenso gut wie den fliehenden. Im Uebrigen ziehen sie, nachdem sie den Bogen bis an die Stirne erhoben, die Sehne bis beinahe ans rechte Ohr, und jene gibt dem Pfeile eine solche Gewalt, dass er jedem getroffenen Gegenstande den sichern Untergang bringt, da weder Schild noch Panzer etwas zum Abprall des Schusses beizutragen vermögen.» Es ist diese Stelle um so bedeutsamer, als sie das Bogenschützenwesen auf einer hohen Stufe seiner Entwicklung darstellt; was übrigens die Arten, den Bogen beim Schiessen zu halten, betrifft, so werden deren gewöhnlich fünf aufgezählt; die vorerwähnte Art, den Bogen der Stirne gleich hoch zu halten und die Sehne fast bis ans rechte Ohr zurückzuziehen, hiess παρὰ δεξιὸν ὦτίον; bei einer zweiten Art wurde der Bogen etwas tiefer gehalten und die Sehne mehr zur rechten Schulter hin gespannt, daher hiess diese Art παρ' ὦμον; diese beiden Arten sind bei den Bogenschützen auf den 4 Reliefs der Traianssäule (vgl. Taf. I) ersichtlich. Eine dritte Art lehrte den Bogen in gleicher Höhe der Brust halten und die Sehne nach der rechten Brustseite hin zurückziehen und wurde daher παρὰ μαζόν genannt. Noch tiefer wurde der Bogen bei einer vierten Weise gehalten und gewissermassen vom Unterleibe aus (ab inguine, wie Propert. IV, 10, 43 sagt) abgeschossen; auch sie soll den Parthern geläufig gewesen sein. Eine fünfte Art endlich bediente sich um die Sehne zu regieren, des Fusses statt der Hand und war nach Suidas s. v. Ἄραβες besonders bei den Arabern im Schwunge. — Welche grosse Ausdehnung das Bogenschützenwesen in diesen spätern Perioden der Römischen Kaiserzeit gewonnen hat, davon geben die zahlreichen kleineren Corps von Bogenschützen zu Fuss und zu Pferd beredtes Zeugniss, welche die Notitia dignitatum aus den verschiedenen Theilen des Orientes, wie des Occidentes aufführt und welche theilweise aus den Landeseingebornen (indigenae) selbst gebildet waren. Oben A. 4 sind bereits einige dieser kleinen Abtheilungen von Bogenschützen erwähnt worden, welche aus Parthern selbst bestanden. Die übrigen lassen sich zunächst als sagitarii pedites erkennen und erscheinen mit verschiedenen Beinamen sowohl im Occidente als im Oriente: jenem gehören an die sagittarii Nervii und Tungri (V, 1, vol. II, p. 24* ed Böcking), die ersten auch noch mit dem Zusatze Gallicani (a. a. O. p. 26*), Venatores (V u. VII, 1 vol. II, p. 25* und 34*), lecti (VIII, 1 vol. I, p. 35); diesem die sagittarii seniores und iuniores Gallicani und Orientales, wie auch die sagittarii Valentis und Dominici, endlich die comites sagittarii iuniores und Armenii (IV, 1 vol. I. p. 19 und 23). — Weit zahlreicher sind die Corps der reitenden Bogenschützen, welche sich ebenfalls sowohl im Occidente als im Oriente vertheilt finden und zwar gleichfalls entweder schlechthin als equites sagittarii (VI, vol. II, p. 32;* VII, 1 vol. II, p. 40*) oder zugleich als seniores comitatenses oder clibanarii oder mit dem Beinamen Cordueni bezeichnet (VI, 1 u. 2 vol. II, p. 32* und VII, 1 vol. II, p. 40*). Unter den Ostprovinzen sind besonders einzelne Städte Pannoniens und Mösiens mit equites sagittarii als Besatzungstheilen bedacht (Notit. dignit. occident. XXXI, 1; XXXII, 1; XXXIII, 1; XXXVIII, 1 vol. I. p. 85, 88, 90 u. 105). In gleicher Weise werden auch für den Orient einestheils schlechthin equites sagittarii iuniores und seniores erwähnt (VI, 1, vol.

Die inschriftlichen Urkunden beziehen sich theils auf die Bogenschützencorps, cohortes sagittariorum, im Allgemeinen, theils auf Befehlshaber und Soldaten derselben. Wie alle übrigen aus den Provinzialen gebildeten Auxiliarcohorten waren auch die der Sagittarier vorzüglich aus denjenigen Römischen Landestheilen des Ostens rekrutiert, welche bereits oben als eigentliche Heimath der bogenschiessenden Völker bezeichnet worden sind d. h. vornehmlich Creta, Thracien und Vorderasien, insbesondere Syrien in seiner weitesten Ausdehnung. Es kann nicht befremden, dass unter diesen durch Inschriften überlieferten cohortes sagittariorum einige nur schlechthin als solche und ohne weitere Mitangabe derjenigen Völkerschaft bezeichnet sind, aus der sie gebildet waren, mehrere andere hinwieder aber die betreffende Völkerschaft nennen und dabei durch den Zusatz des Wortes SAGITTARII bald ausdrücklich als solche charakterisiert werden, bald auch dieses Zusatzes entbehren. — Zur ersten Art gehören folgende vier durch eine bezügliche Notiz der Notitia dignitatum zu vervollständigende Inschriften:

1. Grabschrift des Hyperanor, Soldaten der cohors I Sagittariorum, aus Lappa auf der Insel Creta, gefunden zu Bingerbrück i. J. 1859, zum erstenmale abgebildet auf Tafel II, 1. [13])

2. Grabschrift des Tiberius Julius Abdes Pantera, Soldaten der cohors I Sagittariorum, aus Sidonia in Vorderasien, gefunden zu Bingerbrück i. J. 1859, zum erstenmale abgebildet auf Tafel II, 2. [14]) Hieran ist anzureihen die Erwähnung der

---

I, p. 27; VII, 1 vol. I. p. 31 und VII, 1 vol, I, p. 34), anderntheils als equites 'sagittarii indigenae in 5 Städten Aegyptens (XXVIII, 1 vol. I. p. 75), in 4 Städten Palästinas (XXIX, 1 vol. I,§p. 79), in 2 Städten Arabiens (XXX, 1, 2 vol. I, p. 82), in 4 Städten Phoeniciens (XXXI, 1 vol. I, p. 85), in 4 Städten Syriens (XXXII, 1 vol. I, p. 88), in 4 Städten von Osrhoene (XXXIII, 1 vol. I, p. 90) und in 3 Städten des eigentlichen Mesopotamiens (XXXIV, 1 vol. I, p. 93).

[13]) Ueber die Cohortes Ituraeorum im Allgemeinen vgl. Böcking zur Notit. dignit. occid. c. XXIV. vol. II. p. 540* f. — Ueber die Grabschrift des Hyperanor vgl. Schmidt in Bonner Ihrb. XXVIII, S. 81 n. 3; Rossel in Periodischen Blättern der Geschichts- und Alterthumsvereine zu Cassel. Wiesbaden und Darmstadt 2859 N. 11 S. 310 n. I; Becker in Archiv f. Frankfurts Gesch. und Kunst N. F. I (1860) S. 40; Philologus XIX S. 384; Steiner Cod. Insc. Rhen. et Danub. 3660; Brambach a. a. O. 739. Die Inschrift lautet: Hyperanor Hyperanoris filius, Creticus, Lappa, miles cohortis primae sagittariorum, annorum sexaginta, stipendiorum duodeviginti; hic situs est: d. h. zu Deutsch: Hyperanor, Sohn des Hyperanor, ein Creter aus Lappa, Soldat der ersten Cohorte der Bogenschützen, alt 60 Jahre, im Dienste 18 Jahre, liegt hier begraben. Der Namen Hyperanor begegnet schon in dem Homer Iliad. XIV, 516; Lappa oder Lampa im Distrikte Lampaeus lag im nordwestlichen Theile von Creta, jetzt zu suchen bei Polis unweit Kurna; vgl. Forbiger Hdbch. d. alt. Geogr. III. S. 1040—41. A. 71 und 72; S. W. Hoffmann Griechenland und die Griechen im Alterthume S. 1253 f; über den Namen des Ortes S. 1254 A. 72; Freudenberg in Bonn. Ihrb. a. a. O. S. 86; über das Sculpturwerk des Steins s. zu A. 24.

[14]) Vgl. Schmidt a. a. O. S. 80 N. 2; Rossel in Period. Blätter a. a. O. S. 311. N. 11; Becker a. a. O. S. 41. Philologus a. a. O. S. 384; Steiner a. a. O. 3662; Brambach a. a. O. 738. Die Inschrift lautet: Tiberius Julius Abdes Pantera, Sidonia, annorum sexaginta duo, stipendiorum quadraginta, miles exs cohorte prima sagittariorum, hic situs est d. h. zu Deutsch: Tiberius Julius Abdes Pantera aus Sidonia, alt 62 Jahre, im Dienste 40 Jahre, Soldat aus der ersten Cohorte der Bogenschützen, liegt hier begraben. Ueber den Namen Abdes, welcher sich das jedoch zweifelhafte ABDANA bei Murat 1169, 8 vergleichen lässt, s. Freudenberg a. a. O. S. 85 f: es ist ein offenbar semitischer Namen, welcher oben S. 15 zu dem Abseus unserer Rödelheimer Grabschrift verglichen wurde. Pantera scheint weiterer Beinamen des Abdes gewesen und Personen beiderlei Geschlechtes beigelegt worden zu sein; es findet sich wenigstens eine Herennia Panthera bei Cavedoni Marmi Moden. p. 171: Mommsen Insc. R. N. Lat. 619, 754; aber auch auf einem zu Lymne in England gefundenen leider fragmentirten Steine in praef. class. Brit. des Namens Aufidius Pantera, wie Freudenberg a. a. O. S. 85 mit Beziehung auf E. Hübner im Rhein. Mus. N. F. XI S. 55 f. nachgewiesen hat: den dort von Hübner angeführten Quellen der bezüglichen Inschrift kann noch beigefügt werden: Report on excavations made on the site of the Roman Castrum at Lymne in Kent in 1850 bz. Ch. Roach Smith, London 1852, p. 24 f. pl. VII: auch Panteris kommt als altchristlicher Namen vor bei Perret Catacomb. L. Abweichend von dieser Auffassung des Pantera als Zunamen zu Abdes sagt Grotefend im Philologus XIX S. 384 A. 2: «mir scheint Pantera ein bisher unbekannter Ort im Sidonischen Gebiete zu sein.» Hiernach müsste also SIDONIA als Adjectiv zu Pantera in dem Sinne ge-

3. Cohors I Sagittariorum in Garnison zu Naithu in Aegypten [nach einer Notiz der Notitia dignitatum. [25])

4. Grabschrift des Cn. Munatius Aurelius Bassus, Präfecten der cohors III Sagittariorum, gefunden zu Nomento in Italien. [26])

5. Grabschrift eines unbekannten Präfecten der cohors III Sagittariorum aus dem alten Apamea in Kleinasien. [27])

nommen werden, dass das Sidonische Pantera von anderen Orten desselben Namens unterschieden werden soll, wie solche unterscheidende Zusätze wirklich bei Städten gleichen Namens vorkommen z. B. Antiochia Syria (Grut. 567, 10), aber eher könnte man vielleicht Pantera Sidonia so fassen, wie auf der obigen Inschrift Creticus Lappa, und Pantera als Volksnamen verstehen: aber auch ein solcher Volksnamen ist anderwärtsher ebensowenig bekannt. Sidonia, obwohl offenbar Heimathsbezeichnung, bietet gleichfalls Schwierigkeit dar: Freudenberg a. a. O. will darin mit Justin Hist. Philipp. XI, 10 die verlängerte Namensform des altphönizischen Sidon sehen, welches noch Strabo als die grösste Stadt Phöniziens nach Tyrus anführt. Rossel a. a. O. vermuthet darin Sidonia im Gebiete von Troas, welches von Stephanus Byzantinus angeführt wird. Dieser Ort, von Strabo (Geogr. XIII p. 90 ed. Tauchnitz) Sidene genannt, war aber zu die letzteren Zeit bereits zerstört, müsste demnach später wieder aufgebaut worden sein: vgl. Freudenberg a. a. O. S. 85. — Was das Sculpturwerk dieser beiden offenbar selbst in den Details der technischen Ausführung mit Sorgfalt und Liebe behandelten Grabsteine betrifft, so ist vor Allem die Verstümmelung zu beklagen, welche die Anlage einer alten Uferböschungsmauer, die über den Steinen hinzog, durch Abschlagen der Köpfe verschuldet hat, wie Rossel a. a. O. S. 309 bemerkt; ist auch das übrige im Ganzen noch wohl erhalten, so hat doch auch No. 2 oben zu beiden Seiten nicht unerheblich gelitten; ein Bild, wie die Grabsteine vollständig erhalten in ihren Obertheilen gestaltet waren, gibt der eben dort gefundene Grabstein eines Delmaters, welcher bei Lindenschmit die Alterthümer unserer heidnischen Vorzeit I, Heft X, Taf. 5 abgebildet ist und zur erwünschtesten Vergleichung dienen kann. Beide Krieger stehen in vollem Waffenschmucke in Nischen, von welchen die des Abdes (N. 2) an den beiden Vorderseiten unten schuppenartig, darüber aber mit einer Art von Cannelierung ornamentiert ist. Auf beiden Seitenflächen dieser Nische befinden sich die an den gekreuzten Beine (vgl. 26) noch deutlich erkennbaren Todesgenien, welche unter dem Namen der Attisbrüder bekannt sind und nicht allein an dem Grabsteine des Delmaters, sondern auch an Grabsteinen zu Rottenburg, Bonn, Coblenz und anderwärts gefunden werden und neuerdings mehrfach besprochen worden sind: vgl. Bonner Jahrb. IX S. 148 ff. Taf. VI; XVIII S. 224, 229; XIX S. 160; XXIII S. 49 ff. Taf. I,—III; Jaumann Colonia Sumlocenne,' S. 21 ff. Taf. II und III; Haakh in den Verhandlungen der XVI (Stuttgarter) Philologenversammlung, (Stuttgart 1857) S. 176—186: J. Arneth in den Mittheilungen der k. k. Centralcommission zur Erforschung und Erhaltung der Baudenkmale VI. Jahrgang, Januarheft. Was nun die Bekleidung und Ausrüstung beider Soldaten angeht, so sind Hals, Vorderarme und Beine entblösst, bei dem Creter in 8, bei dem Sidonier in 6 mit Metallplättchen beschlagenen und in Zungen auslaufenden Lederstreifen besteht und bis auf die Mitte der Schenkel herabreicht. Zwei sich kreuzende, sehr schön verzierte Gürtel für Schwert und Dolch, sowie die reichen Scheidebeschläge dieser Waffen, tragen bei beiden wohl als Soldaten desselben Corps unverkennbar das Gepräge einer und derselben Ornamentik, wie sich aus Vergleichung von 1a und 2c ergibt, wenn auch jeder Dolch verschiedene besondere Eigenthümlichkeiten hat, überdies das Schwert des Creters von dem des Sidoniers sich durch seine reichere Verzierung auszeichnet. Jeder der Soldaten hält überdies in der vorgestreckten Linken eine charakteristische Waffe, den Bogen, in der an die Brust anliegenden Rechten einen Pfeil; beide Waffenstücke sind auf dem Grabdenkmale des Creters besser erkennbar, als auf dem des Sidoniers. Im Uebrigen zeigt die Vergleichung anderer fremdländischen Soldaten des römischen Heeres, wie jene des mehrerwähnten Delmaters oder des Asturers bei Lindenschmit a. a. O. Hft. XI. Taf. 6, dass Bekleidung und Bewaffnung derselben, abgesehen von ihrer nationalen Waffe, im Ganzen dieselbe war, wie die der Römischen Legionssoldaten selbst: vgl. Lindenschmit a. a. O. Hft. VIII Taf 6.

[25]) Notit. dignit. orient. XXV, 2 vol. I p. 69 ed. Böcking.

[26]) Vgl. Grut. 439, 5; Fabett. p. 29, 129; Orelli 208; Kellermann Vigill. later. c. n. 271.

[27]) Vgl. Bullet. dell' inst. archeol. 1861 n. VI p. 122; über Apamea vgl. Böcking zur Notit. dignit. vol. I p. 387, 80.

Die Vergleichung dieser fünf Denkmäler bezeugt, dass bis in die späteste Kaiserzeit [28]) besondere cohortes Sagittariorum, von denen hier wenigstens drei überliefert sind, bestanden, welche, da ihre Soldaten theils aus Cretern, theils aus Angehörigen anderer vorderasiatischen und pontischen Staaten bestanden, nach keiner besondern Völkerschaft benannt werden konnten und darum schlechthin als sagittarii, Bogenschützen, bezeichnet wurden: es erklärt sich daher auch, dass Caesar bell. gall. II, 17 seine Bogenschützen nur als Cretes charakterisiert. Letztere haben ohne Zweifel das Hauptcontingent zu diesen Cohorten gestellt, wesshalb denn auch keine besondern Cohorten von Bogenschützen unter ihrem Namen vorkommen, bis jetzt wenigstens keine inschriftlichen Denkmäler solcher cretischen Cohorten aufgefunden worden sind.

Ausser den Cretern sind unter den Europäischen Völkern allein noch die Thraker durch folgende beide inschriftliche Zeugnisse als Bogenschützen und zwar sowohl zu Fuss, wie es scheint, als auch zu Pferd beglaubigt; zuvörderst ist es:

1. ein leider fragmentiertes s. g. Militärdiplom des Kaisers Antoninus Pius, welches die Andeutung einer Cohors Thracum .... Sagittariorum enthält [29]); sodann aber erwähnt

2. ein vollständiges Militärdiplom desselben Kaisers aus dem Jahre 154 n. Chr. eine damals in Pannonien stationierte ala III augusta Thracum sagittariorum. [30])

Unter den syrischen Völkerschaften, aus welchen, wie oben (vgl. A. 5) angedeutet, gleichfalls ein Hauptcontingent von Bogenschützen für das Römische Heer entnommen wurde, sind vor allem die neben den Parthern und Cretern gleichberühmten Ituräer, sodann die Damascener und die Hamier hervorzuheben. [31])

Die Ituräer [32]), ein mit Arabern gemischter [33]) syrischer Volksstamm, vielleicht die Vorfahren der heutigen Drusen [34]), hausten weit und breit auf dem Libanon mitten unter den Phöniziern und besassen auch feste Plätze an der Küste: sie waren gefürchtete Räuber, bis Pompeius sie durch Zerstörung ihrer Schlupfwinkel unschädlich und den Römern dienstbar machte. [35]) Von jetzt an wenigstens erscheinen sie als hochgerühmte [36]) Bogenschützen in den Römischen Heeren von Caesars Kriegen an bis in das 4. Jahrhundert [37]) und zwar zu Fuss und zu Pferd ihre Dienste leistend. Dieses erhellt aus folgenden zumeist inschriftlichen Beurkundungen:

---

[28]) Einer cohors sagittariorum in dem Heere des Constantius um das Jahr 361 gedenkt Ammian. Marcellin. XXI, 11, 2.

[29]) Vgl. Arneth Zwölf Röm. Militärdiplome S. 69.

[30]) Vgl. Arneth a. a. O. S. 64.

[31]) Bei Hensen 6522 wird ein numerus Syrorum Sagittariorum unter Kaiser M. Aurelius erwähnt.

[32]) Vgl. über die Ituraei oder Ityrei Strab. XVI p. 753; Eutrop. VI, 14; Cic. Phil. II, 5, 44; Forbiger a. a. O. S. 665 u. A. 63; Lehne gesammelte Schriften II, S. 284 ff. u. Münter de rebus Itaraeorum bei Orelli II p. 412; Relandi Palaest. l. c. 22; Cellar. Geogr. II p. 529 § 253; Mannert Geogr. VI, 1 p. 417; Böcking zur Notit. dignit. vol. I p. 9, 67.

[33]) Vgl. Strab. XVI p. 755: τὰ μὲν οὖν ὀρεινὰ (Libani) ἔχουσι πάντα Ἰτουραῖοί τε καὶ Ἄραβες, κακοῦργοι πάντες.

[34]) Vgl. George Alte Geogr. I S. 202.

[35]) Vgl. A. 30 und 31; Murat. 670, 1; A. van der Miedea Disp. crit. ad marmor vetus in quo de P. Sulpitio Quirino, de censu Syriae, de Ituraeis in Symbol. litterar. vol. XI p. 35—77, insbesondere über die Ituräer p. 62.

[36]) Vgl. Plin. H. N. V, 23, 19; Vib. Seq. de gentib.: «Ithyraei, Syrii usu sagittae periti»; Verg. Georg. II, 448 u. Lucan. Phars. VII, 230.

[37]) Vgl. Caesar. bell. Afric. c. 20 und Vopisc. Aurel. c. XI: beide erwähnen sagittarii Ityraei.

1. Militärdiplom des Kaisers Traian aus dem Jahre 110 n. Chr. nennt eine damals in Dacien stationierte cohors I Ituraeorum. [38])

2. Grabschrift des Caeus, Soldaten der cohors I Ituraeorum, gefunden zu Mainz. [39])

3. Grabschrift des Monimus, Soldaten der cohors I Ituraeorum, gefunden zu Mainz, nach dem Originale abgebildet Tafel II, 3. [40])

4. Grabschrift des Sibbaeus, Spielmann (tubicen) der cohors I Ituraeorum, gefunden zu Mainz, nach dem Originale abgebildet Tafel II, 4. [41])

5. Erwähnung eines tribunus cohortis I Ityraeorum mit dem Standquartier zu Castra Bariensi im Tingitana in der Notitia dignitatum occidentis. [42])

6. Erwähnung einer cohors II Ituraeorum zu Augustamnica in Aegypten in der Notitia dignitatum orientis. [43])

7. Dedicationsinschrift des C. Octavius Modestus, Präfecten einer cohors III Ityraeorum, gefunden zu Canusium bei Benevent, aus der Mitte des 2. Jahrhunderts n. Chr. [44])

---

[38]) Vgl. Arneth a. a. O. 49; Henzen 5443; Münter a. a. O. p. 42.

[39]) Vgl. Orelli 5052; Brambach a. a. O. 1233.

[40]) Vgl. Orelli 5051; Bonner Jahrb. V. VI S. 318; Steiner a. a. O. 433; Münter a. a. O. p. 42. Brambach a. a. O. 1234. Dieses im März des Jahres 1795 auf dem s. g. Hauptsteine bei Mainz aufgefundene Denkmal ist nicht ganz genau abgebildet bei Lehne a. a. O. Taf. VI n. 24 zu n. 266. Zwischen zwei aus einem breiten Rande als Basis sich erhebenden Säulen ist unten die nicht ganz erhaltene Inschrift: Monimus, Hierombali filius, miles cohortis primae Ituraeorum, annorum quinquaginta, stipendiorum quindecim, hic situs est d. h. zu Deutsch: Monimus, des Hierombal Sohn, der ersten Cohorte der Ituraer, alt 50 Jahre, im Dienste 5 Jahre, liegt hier begraben, und über dieser Inschrift in einer dreieckigen, innen muschelförmig gewölbten und durch eine Leistenwand abgeschlossenen, zu beiden Seiten mit schneckenartigen Stirnziegeln und Blätterzweigen geschmükten Nische, deren obere Ränder überdiess von Zweigen mit herzförmigen Blättern (Mohn?) ausgefüllt sind, ist das Brustbild des Verstorbenen in weitem faltigem Obergewande, unter welchem am Halse das Untergewand sichtbar hervortritt: in der mit einem Ringe geschmükten Linken hält auch er, wie der Creter und Sidonier von N. 1 und 2, den Bogen, in der an die Brust gedrückten Rechten mehrere Pfeile; das Haupt, dessen asiatischer Typus unverkennbar, ist unbedeckt, die Ohren gross, das Haar lockig-kraus.

[41]) Vgl. Maffei Mus. Veron. V p. 451 n. 12; Donat p. 302, n. 4; Orelli 5050; Münter a. a. O. p. 1; Gräff Mannheim. Antiquarium p. 30 n. 52; Steiner a. a. O. 312; Brambach a. a. O. 1289. Dieses zu Mainz aufgefundene Denkmal stand laut einer handschriftlichen Notiz des bekannten Mainzer Alterthumsforschers und Stadtbibliothekars Bodmann im III Bande seines Handexemplars von Joannis Scriptt. Rer. Mog. ehemals zu Mainz im Hofe des Stiftsamtmanns zu St. Stephan, woselbst A. Lamey es i. J. 1764 sah und die Inschrift abschrieb, wie er in einem unter dem 3. Mai 1800 an Bodmann gerichteten Briefe bemerkt: später kam das Denkmal mit andern als Geschenk des Mainzer Churfürsten Emmerich Joseph in das Mannheimer Antiquarium, dessen gelehrter Vorstand, unser verehrter Freund, Prof. Dr. Fickler, durch seine dankenswerthe Mitwirkung eine Abbildung des Denkmals (Tafel II, 4) herzustellen ermöglichte, welche die bei Lehne a. a. O. Tafel XII. n. 58 zu n. 268 gegebene mehrfach an Treue und Genauigkeit zu übertreffen beansprucht darf. Seinem ganzen Aeusseren nach ist dieser Grabstein des Sibbaeus dem oben unter A. 40 beschriebenen ähnlich. Die Inschrift: Sibbaeus Eronis filius, tubicen ex cohorte prima Ituraeorum, miles annorum viginti quattuor, stipendiorum octo, hic situs est, besagt, dass Sibbaeus, des Eron Sohn. Trompeter aus der ersten Cohorte der Ituräer, Soldat im Alter von 24 Jahren, im Dienste 8 Jahre, hier begraben liege. Ueber dieser Inschrift in einer ähnlichen Nische, wie bei dem obenbeschriebenen Grabdenkmale, ist das Brustbild des Verstorbenen in weitem faltigen, die linke Seite völlig bedeckenden Obergewande, unter welchem am Halse das Untergewand sichtbar hervortritt. Das Haupt ist unbedeckt, die Ohren gross, das Haar lockig-kraus, ganz derselbe Typus, wie bei dem Bilde des Monimus. In der an die Brust angeschlossenen Rechten hält der Trompeter sein Instrument, eine kleine Tuba, mit ziemlich grossem Mundstück und einer Klappe (Tondämpfer).

[42]) Vgl. Notit. dignit. occid. c. XXIV vol. II p. 79* vgl. p. 540, 8 ed. Böcking.

[43]) Vgl. Notit. dignit. orient. c. XXV, 1 vol. I p. 69 vgl. p. 309, 67 ed, Böcking.

[44]) Vgl. Grut. 444, 5; Orelli 4907.

8. Grabschrift des M. Plotius Faustus, ... Präfecten einer cohors III Ityraeorum, gefunden zu Thamugas in Nordafrika (Algerien). [45])

Neben der zuerst erwähnten cohors I Ituraeorum findet sich nun gleichzeitig eine davon verschiedene cohors I augusta Ituraeorum auf folgenden 8 Inschriften erwähnt:

1. Militärdiplom des Titus aus dem Jahre 80 n. Chr. nennt eine damals in Pannonien stationierte cohors I augusta Ituraeorum. [46])

2. Militärdiplom des Traian aus dem Jahre 110 n. Chr. nennt eine damals in Dacien stationierte cohors I augusta Ituraeorum mit dem bezeichnenden Zusatze Sagittariorum. [47])

3. Grabschrift des T. Statilius Taurus, Präfecten einer cohors I augusta Ituraeorum, gefunden zu Mainz. [48])

Wiewohl von diesen drei Zeugnissen nur no. 2 durch den ausdrücklichen Zusatz »Sagittariorum« die betreffende Cohorte als Bogenschützen bezeichnet, so ist doch in keiner Weise daran zu zweifeln, dass auch alle übrigen vorgenannten Cohorten aus Bogenschützen gebildet waren: einestheils nämlich wird sich auch weiterhin noch ergeben, dass dieser Zusatz öfter aus naheliegenden Gründen nicht beigefügt wurde, anderentheils ist der Soldat Monimus auf seinem Grabsteine oben no. 3 unzweifelhaft durch Bogen und Pfeile als Bogenschütze charakterisiert: dazu bezeichnet Arrianos (vgl. A. 5) die Ituraer ebensowohl als Fussgänger, wie auch als Reiter, [49]) was wiederum durch vier inschriftliche Zeugnisse bestätigt wird, welche uns eine ala Ituraeorum, wenn auch ohne den Zusatz «sagittariorum» überliefert haben; es sind folgende:

1. Militärdiplom Traians aus dem Jahre 110 n. Chr. nennt eine damals in Dacien stationierte ala I augusta Ituraeorum. [50])

2. Militärdiplom des Marcus Aurelius und L. Verus aus dem Jahre 186 n. Chr. nennt eine ala I Ituraeorum ohne den Zusatz augusta. [51])

3. Grabschrift des Albanus, Decurionen der ala augusta Ituraeorum, domo Betavos; hier ist der ala keine Nummer beigefügt. [52])

4. Grabschrift des Barcathes, domo Ityraeus, Reiters der ala augusta Ityraeorum, gleichfalls ohne Nummer [53]); alle vier Inschriften bezeichnen wohl ein und dasselbe Corps reitender Ituräischen Bogenschützen.

Wie auf den inschriftlichen Denkmälern der Ituraei, so findet sich auch auf denen der Damasceni und Hamii die zusätzliche Bezeichnung der bezüglichen Corps als Bogenschützen, sagittarii, bald beigefügt, bald weggelassen. Für die Damasceni liegen folgende Inschriften vor:

[45]) Vgl. L. Renier Insc. Rom. d l'Algérie 1585.
[46]) Arneth Zwölf Röm. Militärdiplome S. 33; Henzen 5428.
[47]) Arneth a. a. O. S. 49; Henzen 5443.
[48]) Brambach a. a. O. 1099.
[49]) Grotefend im Philologus XXVI, 1, S. 24.
[50]) Arneth a. a. O. S. 49; Henzen 5443.
[51]) Arneth a. a. O. S. 11.
[52]) Grut. 519, 5: Brambach a. a. O 2003.
[53]) Grut. 583, 9.

1. Grabschrift des Faustinus, Soldaten der cohors I Flavia Damascenorum peditata, gefunden zu Alsheim in Rheinhessen. [54])

2. Grabschrift des Soemus Severus, Cornicularius der cohors I Flavia Damascenorum miliaria equitata sagittariorum, gefunden zu Friedberg in der Wetterau. [55])

3. Zahlreiche Ziegelstempel mit cohors I Flavia Damascenorum miliaria, gefunden in der Wetterau. [56])

4. Militärdiplom Trajans aus dem Jahre 117 n. Chr., gefunden zu Wiesbaden, nennt eine cohors I Flavia Damascenorum. [57])

5. Grabschrift des C. Cornelius Minicianus, Präfecten der cohors I Damascenorum, gefunden zu Bergamo in Oberitalien. [58])

Die Vergleichung dieser inschriftlichen Denkmäler kann wohl keinen Zweifel darüber lassen, dass die unter 1—4 genannten Corps identisch sind, wiewohl no. 1 darauf hinweiset, dass die ala I Flavia Damascenorum anfänglich nur aus Bogenschützen zu Fuss bestand, sodann aber auch wie no. 2 zeigt, eine bestimmte Anzahl von Reitern dazu erhielt; einer etwas späteren Zeit gehört wohl no. 5 an.

Den inschriftlichen Denkmälern der Damascener müssen endlich auch die der annoch räthselhaften Hamier angereihet werden: man zählt deren bis jetzt nur die drei folgenden, welche sämmtlich in Britannien gefunden worden sind:

1. Grabschrift des C. Julius Marcellinus, Präfecten der cohors I Hamiorum, gefunden zu Stirling in Schottland. [59])

2. Votivinschrift der Dea Syria durch A. Licinius Clemens, Präfecten der cohors I Hamiorum, jetzt zu Cambridge aufbewahrt. [60])

3. Votivinschrift der Fortuna augusta durch T. Flavius Secundus, Präfecten der cohors I Hamiorum sagittariorum, gefunden zu Caervoran am Hadrianswall. [61])

Das Heimathland der Hamier ist bis jetzt unbekannt: obwohl das Hammaeum litus ein Küstenstrich und die Hamiraei ein Volk in Arabien, wie auch die Hammanientes in Afrika Anklänge an den Namen bieten, so erscheint es dennoch annehmbarer, auch die Hamier, wie die Ituräer und Damascener in Syrien zu suchen. [62]) Kann man auch die Bemerkung Hübners [63]) zunächst gelten lassen, dass der Umstand, dass die Hamier Bogenschützen gewesen seien, keinen sicheren Weg angebe, wo man sie zu suchen habe; so ist doch immerhin dieser Umstand nicht ganz ausser Acht zu lassen; Syrien war erwiesenermassen reich an bogenschiessenden Völkerschaften; die beiden andern einzig und allein ausser

[54]) Brambach a. a. O. 914; Henzen 6828; der in dieser Inschrift weiterhin vorkommende Namen ist weder mit den früheren Herausgebern SEMAVCVS, noch mit Brambach SENNAVCVS zu lesen, sondern, da ein I in der Mitte der dicht aneinander geschlossenen N liegt, vielmehr SENINAVCVS: derselbe Namen muss auch bei Ammian. Marcellin. XV, 4 u. XXV, 10 hergestellt werden, woselbst jetzt Seniauchus gelesen wird.

[55]) Brambach a. a. O. 1422; Orelli 4979.

[56]) Brambach a. a. O. 1417.

[57]) Brambach a. a. O. 1512.

[58]) Grut. 396, 9.

[59]) Reines. Synt. Insc. VIII, 27 p. 520; Rhein. Mus. N. F. XI S. 33 f., 38.

[60]) Bruce Journal archaeol. I, 1855 n. 47 p. 225; Rhein. Mus. N. F. XIII S. 255.

[61]) Archaeologia XXIV (1832) S. 352; Henzen 5461; Rhein. Mus. N. F. XI S. 34.

[62]) Vgl. Plin. N. H. VI, 32; V, 5.

[63]) Vgl. Rhein. Mus. N. F. XI S. 34.

den Thrakern als Bogenschützen charakterisierten und in besondern Cohorten verwendeten Völker, Ituräer und Damascener, waren gleichfalls Syrer; die unter no. 2 erwähnte Votivwidmung war von dem frommen Präfecten der Cohorte der Hamier offenbar mit directem Bezuge auf die heimathliche Gottheit seiner Leute an die Dea Syria gerichtet, wie in analogen Fällen geschehen ist. [64]) Dazu kommt endlich, dass sich wohl auch die engere Heimath der Hamier in Syrien nachweisen lässt: es war ohne Zweifel wie bei den Damascenern die Hauptstadt von Coelesyrien Damascus, so bei den Hamiern die Stadt Hamath in der Provinz Cassiotis in Obersyrien welche noch jetzt Hamah heisst. [65])

Zum Schlusse unserer Zusammenstellung erübrigt noch auf eine zu Doneir in Syrien aufgefundene Inschrift hinzuweisen, welche eine COH. I. FL. CHAA EO SAC erwähnt, in der man alsbald eine cohors equitata sagittariorum erkannt hat, ohne jedoch die Völkerschaft bestimmen zu können, deren Namen in dem CHAM (denn als ein halbes M muss der Rest eines vierten Buchstabens festgehalten werden [66]), verborgen ist. Borghesi [67]) wollte mit Bezug auf eine andere Inschrift bei Henzen 6703 CHAM in CHAL (cidensis) ändern, Henzen [68]) dagegen in CHAMAVORVM ergänzen. Beiden Ergänzungen darf mit Fug wohl einerseits die Hinweisung auf die COH. I. FL. DAMAS EQ SAC (A. 54) aus Friedberg entgegengestellt werden, da CHAM irrthümlich statt DAM gelesen sein kann, [69]) andererseits vielleicht CHAM (iorum) für HAM (iorum) zu vermuthen sein, zumal die Verwechselung von CH und H in einem ursprünglich semitischen Worte wohl nur von orthographischer Bedeutung ist. Uns erscheint diese Ergänzung des CHAM in CHAMIORVM, wenn auch der Beinamen Flavia auf den obenerwähnten Denkmälern der cohors I Hamiorum sagittariorum fehlt, um so wahrscheinlicher, als das abgekürzte CHAM in Syrien, wohin die Inschrift gehört, als dem Vaterlande der Hamier, leicht verstanden wurde.

[64]) Rhein. Mus. N. F. XIII S. 256—257.
[65]) Forbiger Hdbch. d. alt. Geogr. II. S. 657; Plin. N. H. V, 19; Joseph. Antiq. Jud. I, 6, 2; Hieronym. Quaest. in. Genes. X, 1 5; Euagr. hist. eccl. III, 34.
[66]) Vgl. Vidua Inscriptt. antiqq. tab. XXV: bei welchem, wie Henzen zu 5484 ausdrücklich bemerkt, der letzte Schriftzug als ein halbes M erscheint.
[67]) Borghesi Memoria sopra un iscrizione del console L. Burbuleio Optato Ligariano, Napoli 1839, 8, p. 63.
[68]) Henzen zu 5484.
[69]) Vgl. Archiv für Frankfurts Geschichte und Kunst N. F. I (1860) S. 43, woselbst bereits die Aenderung des CHAM in DAM vermuthet wurde.

Verbesserungen.

S. 13. Z. 10 v. oben l. leicht statt nicht.
S. 13. Z. 22 v. oben l. auch statt anch.
S. 15. Z. 25 v. oben l. niederen statt niederem.